彼女が先輩にN《ね》T《と》R《ら》れたので、
先輩の彼女をN《ね》T《と》R《り》ます
③

あ、あのっ、あのっ、
これは違うの！

Character
「優くん、カレンの推薦者になってよ！」
そう言ってカレンは俺の腕に掴まるように
身体を寄せて来た。
発
と

「わかった、わかったわよ！
出ます、私もミス・ミューズに
参加します！」

彼女が先輩にNTR《ねとら》れたので、先輩の彼女をNTR《ねとり》ます3

震電みひろ

角川スニーカー文庫

23394

CONTENTS

口絵・本文イラスト／加川壱互　　口絵・本文デザイン／栗原高明（LUCK'A Inc.）

プロローグ・なんで私が？

「だから、私は『ミス・ミューズ』に応募した覚えはないんです！」

珍しく燈子《とうこ》先輩が声を荒らげてそう言った。

「でもね、ここにちゃんと桜島《さくらじま》さんが所属するサークルから、参加希望が申請されているんだよ。これ、協議会に登録している正式なサークルのメルアドでしょ」

サークル協議会の担当者もさっきから同じ言葉を繰り返している。

俺はこのやり取りを聞いていて、微妙な違和感を感じていた。

改めてこれまでの状況を振り返ってみると……


俺・一色優《いっしきゆう》は半年前に『彼女であった蜜本《みつもと》カレンが、大学の先輩である鴨倉哲也《かもくらてつや》と浮気をしている事実』を知った。

そこで俺は、鴨倉の恋人である桜島燈子先輩に連絡を取った。

俺と燈子先輩は、鴨倉とカレンに痛烈なリベンジを行う事を決意し、それを去年のサークルのクリスマス・パーティで実行したのだ。

俺と燈子先輩は、見事にカレンと鴨倉にリベンジを果たす事が出来た。

このリベンジ計画を経て、俺たち二人の関係も確実に縮まったと思う。

俺は燈子先輩に対し、それまでの憧れとは違って『近くに居たい、大切な人』という感情を持つようになった。

燈子先輩も俺に対し、親近感を覚えてくれているのだろう。

彼女は俺に『二人だけでやり直しのクリスマスをしよう』と言ってくれたのだ。

そうして二月の中頃、俺と燈子先輩がデートをしていた時だ。

突然に入った連絡は『燈子先輩のミス・ミューズ参加』の公式発表だった。

燈子先輩は『陰のミス城都大《じょうとだい》』『真のキャンパス女王』と呼ばれる学内でも有名な美人で、俺にとっても高校時代からの憧れの女性であった。

(俺と燈子先輩の家は近くで、高校も同じだ)

燈子先輩は美人でお淑《しと》やかなだけではなく、頭脳明晰《めいせき》・成績優秀と才色兼備の完璧女子だ。

付け加えると、スタイルの方もグラビア・アイドルに匹敵する！

しかし燈子先輩は『私は目立ちたくない』という事で、ミス・城都大に参加する事はなかった。

周囲からは「出場すれば優勝は確実！」と言われているにもかかわらずだ。

そんな燈子先輩が、なぜか『ミス・ミューズ』に参加すると、サークル協議会から発表されたのだ。

しかし燈子先輩にはそんな覚えはないと言う。

俺たちは『燈子先輩の参加取り消し』のためにサークル協議会に連絡を取った。

だが中々サークル協議会と連絡の都合が付かなかった。

二月も末になってやっと、協議会と会う約束を取り付ける事が出来た。

そして今日に至る、という訳だ。

「そんな本人の意志を無視してコンテストなんて出来るんですか？　それで勝手に人をランク付けするなんて失礼にも程があります！」

燈子先輩も、声のボルテージが一段上がった。

きっと相当に頭に来ているのだろう。

「いや、そんな事はない。だけどこれは学生生活を盛り上げる『メイ・フェスティバル』の目玉イベントなんだ。新入生を歓迎するこの企画の重要性は知っているだろ？」

「それは解《わか》りますが……」

燈子先輩が渋い調子で答える。

『メイ・フェスティバル』。通称は『春祭』と呼ばれているこのイベントは、言ってみれば『春の大学祭』だ。ただ通常の大学祭とは違って外部に告知などはせず、参加者は主に城都大生を対象としている。（他学生を排除している訳ではない）

その主な趣旨は彼が言った通り「新入生により早く大学生活に馴染《なじ》んでもらおう」といったものだ。よって開催日も五月の第二土曜日一日だけで、模擬店などは出さない。『春祭』は今まではサークル協議会の自主活動だったが、今年から大学の正式行事に格上げされたのだ。

「今年は重要な第一回目だ。今回の成否にメイ・フェスティバルの今後がかかっている。だから桜島さんにもぜひ協力して欲しいんだ」

燈子先輩が圧に負けたように黙り込む。

こう言われると燈子先輩は弱い。

それを見抜いた担当者は、ここぞとばかりに言い押してきた。

「それにミス・ミューズはただのミスコンじゃない」

「どう違うんですか？」

「ミス・ミューズは多様性を重視している。だから従来のミスコンのように一つの物差しではなく、それぞれの特技や個性に合わせて九人の女神を選ぶんだ」

「九人を？」

「そうだ。参加者は音楽でも、歌でも、絵画でも、トークでも、知識でも。ともかく何でもいい。それぞれが得意な分野をアピールして、それぞれの代表を選ぶ。そんな企画なんだ。だから今までのミスコンのように優勝・準優勝などを決める訳じゃない」

「……」

燈子先輩がまたしても一瞬押し黙った。

おそらく燈子先輩が嫌う「女子力順位付け」という要素が崩されたためだろう。

しかし燈子先輩をここまで黙らせるなんて、相手も中々の論客だ。

さらに協議会の担当者は付け加える。

「それにミス・ミューズに参加する事は、桜島さんの所属しているサークルにもメリットがあるんだ」

「どんなメリットがあるんです？」

「まず女神に選出されれば大学から補助金が出る。大学祭についても施設使用の優先権が得られる。何よりも部室が無いサークルには部室が与えられる。これらはサークルや同好会にとっては大きなメリットだろ」

三度《みたび》、燈子先輩が沈黙する。

相手は燈子先輩の対策でもしてたのか？　的確に弱点をついている。

確かに、担当者の言う通りだ。

俺たちのサークル・和気藹々《わきあいあい》も、大学公認サークルでそれなりの規模だが部室はない。

歴代のサークル長も毎年「部室の抽選」に申し込んではいるが、中々当たる事はない。

『部室』『補助金』『大学祭での施設使用の優先権』、この三つはサークルにとっては魅力だろう。

しかし……

「そうは言うものの、やはり本人の意志を捻《ね》じ曲《ま》げてまで参加させるのはおかしいですよね？」

俺はそう言って前に出た。

「君は？」

担当者が「余計な口を挟むな」と言いたげな目で俺を見る。

「理工学部一年、一色優。燈子先輩と同じサークルに所属しています」

「それで？」

「『ミス・ミューズは女性の多様性を重視している』、さっきそう言いましたよね？」

「そうだ」

「だったら『参加しない』という多様性も重視されるべきじゃないんですか？」

「……」

相手が虚を衝《つ》かれたような顔をした。

「燈子先輩本人が『出るつもりはない』って言っているんです。だったらサークルが申請しようが、誰が申し込もうが、すぐに参加を取り消すべきでしょう」

「それは……」

協議会の担当者が周囲に助けを求めるように視線を走らす。

だが他の連中も口を出す事はない。

むしろ女子の何人かは、俺の意見に賛成しているかのようだ。

「しかしミス・ミューズに参加する事は、サークルにもメリットがあるし、大学生活を盛り上げるんだ。特に桜島さんの参加はみんなも期待している」

「それはさっき聞きました。でもそれがイコール『燈子先輩が強制的に参加させられる事』の理由にはならないですよ」

「しかしだな……」

「このサークル協議会は、嫌がる女子にイベント参加を強制するんですか？」

「俺は何も強制している訳じゃ……」

担当者が口ごもった。

俺は「勝ったな」と思った。

「じゃあ燈子先輩の参加は取り消してください。サークル協議会のホームページに『桜島燈子の参加は間違いだった』と訂正記事を載せておいてくれればいいですから」

俺がそう言った時だ。

奥の扉が開いて一人の女性が出て来た。

「あれ〜、優くん。いったいどうしたのぉ〜」

この間延びした甘ったるい声！

俺はハッとしてその女性を凝視した。

カレンだ！

手にはダンボール箱を抱えている。

「燈子先輩も一緒に居るんだ〜。今日はどうしたんですか？」

協議会の担当者がホッとしたような顔をする。

俺はそれを見逃さなかった。

逆にカレンの登場は、俺にとっても燈子先輩にとっても想定外だった。

「ええ、ミス・ミューズへの私の参加について、確認したい事があったから」

「あ〜、燈子先輩もミス・ミューズにエントリーしているんですよね〜。実はカレンもなんです！」

「カレンさんも？」

「ハイ！　だってお祭りだし、見てるだけより参加した方が楽しいじゃないですかぁ。それにもしミス・ミューズに入れたら、サークルにもメリットがあるんですよぉ」

「サークルって、カレンはウチは辞めただろ？」

俺がそう聞くと、カレンはニッコリ笑って答える。

「今は違うサークルに入ってるんだよ。お友達と一緒にカレンが立ち上げたの。『ジュエ・ミーニョン』って言って、カレンが代表なんだよ！」

「オマエ、自分でサークルを立ち上げたのか？」

驚いた俺の横で燈子先輩が独り言のように言った。

「『ジュエ・ミーニョン』、フランス語で『可愛《かわい》いおもちゃ』って意味かしら？」

「そう！　さすが燈子先輩！　カレン、可愛くて楽しい事が大好きだから、そういう名前にしたの。ちゃんと大学の公認も貰《もら》っているんですよ！」

カレンは俺の質問は無視して、そう答えた。

燈子先輩が一瞬、考えるような顔をする。

「それで何を確認に来たんですか？」

カレンは手にしたダンボールを机の上に置くと、俺たちの近くまで寄って来た。

「サークル協議会のSNSに『私がミス・ミューズにエントリーする』って記事が出ていたでしょ。でも私は参加する気はないから、その件の確認と、本当にエントリーがされているなら取り消して貰うために来たの」

カレンは目と口を丸くした。わざわざ両手を口の前に持って来て、だ。

「燈子先輩、ミス・ミューズの参加を止《や》めちゃうんですかぁ!?」

「別に元から参加するつもりじゃないから」

「もったいな～い。みんなが燈子先輩の参戦を期待しているんですよ～」

「燈子先輩は自分の意志でエントリーはしてないんだよ」

俺は口を挟んだが、カレンは俺の事は意識してないかのように続ける。

「え～、残念ですぅ。カレンも燈子先輩と正々堂々と戦いたかったな～。今度こそ！」

その『今度こそ』という言葉を聞いた時、燈子先輩の目が微妙に見開かれたように思う。

そこでカレンはクルッと俺の方を見た。

「あ、そうだ。じゃあ優くん、カレンの推薦者になってよ！」

「へっ？」

思わず口がポカンと開いた。

「ミス・ミューズはね、推薦者が四人までオッケーなの。だから優くん、カレンの推薦者をお願い！」

「なんで俺がオマエの推薦者になるんだ？」

「だって～、元カレじゃない。誰よりもカレンの事を解ってくれているはずでしょ？」

そう言ってカレンは俺の腕に摑《つか》まるように身体《からだ》を寄せて来た。

……わざとらしい……

俺はそう感じたが、ふと見ると燈子先輩の表情が不満そうだ。

「カレンさんは一色君に推薦者なんて頼んで大丈夫なの？」

燈子先輩が不満を滲《にじ》ませる声で言った。

勿論《もちろん》、俺がカレンの浮気に怒った事、その復讐《ふくしゅう》をクリパで実行した事を前提にしてだ。

「大丈夫ですよぉ。だって優くん、まだカレンの事が忘れられないみたいだしぃ」

「えっ？」

驚いた俺が反論する間もなく、カレンは先を続ける。

「なんかアレからも、カレンの行く先々に優くんが居るんですよぉ。付き合っている頃だってこんなに偶然会う事なんて無かったのにぃ。そんな都合のいい偶然ってあるのかなぁって？」

「な、なに言って……」

「試験前の経済学の授業の時も、カレンの隣に座ってくれてぇ。カレン、教科書を忘れちゃったら優くんの方から『付き合っている時みたいに、一緒に見よう』って言って来てぇ。おかげでカレン、とっても助かっちゃいました」

「ちょっ、オマッ、それは……」

「一色君、そうなの？」

燈子先輩が鋭い目を俺に向けた。オーラがかなりどす黒い。

「い、いやっ、それは……」

「今のカレンさんの話、本当なの？」

「え、あ、ほ、本当は本当ですけど……でもそれはカレンが言う意味とは全然違って……

俺は別にカレンに会いたくなんて」

「別れたけど、優くんはカレンに優しいんだなぁ～って。ちょっとカレン、気持ち動いちゃうかも！」

カレンはそう言って、さらに俺に身体を擦り寄せて来る。

「オマッ、オマッ、何を言って！　ちょっと、俺から離れろ！」

するとカレンは俺の腕に絡みついたまま、燈子先輩の方を向き直った。

「だから優くん、カレンが貰っちゃってもイイですよね？　元カレの優くんならカレンの事を良く解っているし、『元カレの応援』ってカレンにとってもプラスなんでぇ～」

「わ、私、まだ『出ない』って決めてないから！」

燈子先輩がギュッと目を瞑《つぶ》りながらそう言った。

「私も、ミス・ミューズに出るかもしれないからっ！」

再び同じ言葉を繰り返す。

だがカレンがキョトンとした顔をする。

「でもぉ、燈子先輩はさっき『ミス・ミューズのエントリーを取り消す』って言ってましたよねぇ？」

「そ、そうだけど、今日はまず事実をハッキリさせる事が目的で……」

「出るか出ないか、ハッキリさせないと、協議会の人に迷惑かけちゃいますよ」

しばらく燈子先輩は沈黙していた。

だが下に下ろした拳を握りしめ、赤い顔をして苦痛に耐えるかのように口を開いた。

「わかった、わかったわよ！　出ます、私もミス・ミューズに参加します！」

それを聞くとカレンはスルリと俺から腕を離した。

「ふ〜ん、そうなんですか？　でも燈子先輩がミス・ミューズに参加してくれるのは、協議会としては嬉《うれ》しいですよね。イベントが盛り上がりますよね、きっと」

燈子先輩は赤い顔をしたまま、カレンを睨《にら》んでいた。

「じゃあ燈子先輩。カレンは仕事に戻りますね。ミス・ミューズで燈子先輩と競えるの、楽しみにしてますから」

その後で、カレンは小さな声で俺にこう言った。

「あっと、燈子先輩がエントリーしないなら、優くんに推薦者を頼みたいのは本当だから」

「本当にいいんですか？」

サークル協議会の事務室を出て、二人だけになった時、俺はそう聞いた。

「う、うん。もしかして本当にサークルの誰かが応募したのなら、期待には応えた方がいいと思うし……」

だがその語尾は弱い。

さっきの『ミス・ミューズに参加する』は、燈子先輩の本心から出た言葉とは思えない。

それに俺は「これはカレンが仕組んだ事じゃないか？」と疑っているのだ。

大学の試験が終わった日、俺は人気《ひとけ》のないグラウンド横で協議会のメンバーらしき男達と、カレンがミス・ミューズについて話しているのを聞いている。

その時に「燈子先輩が参加する」という事を、カレンたちは話していたのだ。

俺がそこに居たのは全くの偶然で、あまり人が来るような場所ではない。

俺も居眠りしていたので全てをハッキリと聞いた訳ではないが、ずっと気になってはいたのだ。

「カレンが言った事なら気にする必要ないですよ。あんなの、安い挑発じゃないですか」

別に燈子先輩を責めるつもりは無いのだが、「カレンに言われたぐらいで……燈子先輩らしくないな」と思っていた。

燈子先輩は赤い顔をして俯《うつむ》き加減に言った。

「そうだね……でも、私もカレンさんに対しては、心のどこかで思う所があるのかもしれない。自分でも抑えられないくらいにムキになっていた……」

確かに……俺にもその気持ちは良く解る。

「そうですよね。もし俺も鴨倉先輩に挑発されたら、やっぱりムキになるかもしれませんから」

するとと燈子先輩は俺の様子をチラッと窺《うかが》った。

「違うよ。哲也の事なんて関係ないよ……」

「えっ？」

俺が聞き返すと、燈子先輩が断ち切るように前を向く。

「ともかく、過ぎた事は言っても仕方ない。ミス・ミューズに出るって決めた以上、勝つことだけを考えよう！」

「解《わか》りました！　俺も全力で応援します！」

俺と燈子先輩はそこで顔を見合わせる。

どちらからともなく笑みがこぼれる。

俺たち二人の目的と意志が、再び一致した瞬間だ。

二　サークル総会

三月に入り、俺たちのサークル・和気藹々《わきあいあい》のメンバーは空き教室に集まっていた。

（ウチの大学は空き教室や空き会議室を、大学関係者には無料で貸し出してくれる）

今日の集まりはサークルの新代表を決めるためだ。

従来は早い時は十二月、遅くとも後期試験直後には新代表と役員を決めて引き継ぎをするのだが、今年は色々あって三月までずれ込んでしまった。

（他人事《ひとごと》のように言っているが、これは俺のリベンジ計画の影響だ）

「それでは今年度のサークルの新代表は、加納一美《かのうかずみ》さんにお願いする！」

前代表であった中崎《なかざき》さんがそう発表した。

ウチのサークル代表と役員は、立候補者かまたは推薦された人への投票で決まる。

と言っても立候補なんてまずいないので、実際は前代表と役員が『推薦』という形で事前に候補者を決めておくのだ。

よって投票と言っても、対立候補がいるわけじゃない。ほぼ自動的に決まる。

……だとしても一美さんが代表っていうのは凄《すご》いな。

何しろ一美さんがこのサークルに入ったのは半年前だ。

普通は一年から参加している人がサークル代表になるだろう。

確かに一美さんは発言力も影響力もある。

誰に対しても物怖《ものお》じせずにズバズバと言える人だ。

それでいて、どこか人を引き付けるカリスマ的な魅力もある。

この半年であっと言う間に中心人物になってしまった。

普通はあれだけ物事をハッキリ言う性格なら敵も多そうだが、一美さんはそのキャラも含めてみんなに好かれている。

「一美さん、まだこのサークルに入って半年なのにサークル長か。すげぇな」

隣に座っている石田《いしだ》も、俺が思っている事と同じことを口にした。

「確かに、一美さんの発言力を考えれば納得はできるけどね」

「それだけじゃないぜ。コレは中崎さんの強い推薦だってよ。最初に中崎さんがサークル代表を打診した時は、一美さんは断ったらしい。だけど中崎さんが熱心に口説いて、一美さんも仕方なく引き受けたって話だ」

そう石田が経緯を説明してくれた。

「中崎さんにそこまで見込まれるっていうのは、やっぱり一美さんも凄いな」

「あとは中心女子の美奈《みな》さんやまなみさんのプッシュもあったそうだけどな」

「美奈さんが副代表で、燈子《とうこ》先輩は広報担当か。俺はてっきり燈子先輩が副代表かと思ったよ」

俺は配られた名簿を見ながらそう言った。ちなみに書記と会計は三年生男子だ。

「そうだな。どうして燈子先輩が広報担当なんだろうな？」

俺たちがそんな話をしていると、中崎さんが、

「それじゃあ新代表の加納一美さんから一言」

と言って一美さんにマイクを渡す。

一美さんが頭をかきながら「しゃーねーな」といった表情でマイクを手にする。

「あ～、いま紹介された加納一美です。みんなも知っての通り、アタシはこのサークルに入ってまだ半年なんだけど、中崎さんに『是非とも頼む！』って頼み込まれて仕方なく引き受けました。でも引き受けたからには全力でやるつもりなんで、みんなアタシに付いてきて欲しい。ヨロシク！」

同時に周囲からの拍手が起こる。みんな納得の人事という事だ。

「それでまずは今年度のサークルの方針を発表するんだけど……」

一美さんはそこでいったん言葉を切って、みんなを見回した。

思わず全員が一美さんの次の言葉を待つ。

「これから男子は女子の召使な。異論は認めない」

……え、なに言ってんの？

一瞬、男子全員が息を呑《の》む雰囲気に包まれた。

俺も石田も、思わずポカンとする。

一美さんの表情を凝視すると……真顔だ。

ってコレ、マジで言ってるの？

すると一美さんが破顔した。

「みんなマジに取るなよ。ここは突っ込む所だろ？　冗談、ジョーダン、なんか雰囲気が固いからほぐそうと思っただけ」

アチコチの男子から安堵《あんど》のタメ息が聞こえる。

俺も思わず同じような吐息を吐き出した所だ。

……一美さんが言うと洒落《しゃれ》にならないんだよ……

「一美さんが言うと、ジョークに聞こえないんですよ！」

隣で石田が俺の心の声を代弁した。

そんな石田を一美さんは見た。

「あ、石田君は特別にアタシの専属召使でもいいぞ。この場で任命してやろうか？」

「ゲエッ、なんでそんな八つ当たりを」

「美人サークル長の召使だ。嬉しいだろ？　頑張り次第では執事に昇格させてあげるよ」

そう言って一美さんは正面を向き直る。

「さて、石田君以外の冗談はさて置き……」

「俺のは冗談じゃないのね」

石田がポツリと漏らす。

「今年も様々なイベントに全力を尽くします。ウチはインカレだけど城都大《じょうとだい》の学生が多い。よって学内のイベントには力を入れていく。それとこれは中崎さんから引き継いだ方針でもあるんだけど、アウトドアのイベントに力を入れていきたい。ウチは元々アウトドア系のサークルだったしね」

一美さんの話をみんな黙って聞く。

最近のアウトドア・ブームもあり「もっと野外活動のイベントを取り入れよう」という声は去年からあったしな。

さらに一美さんの所信表明演説？は続く。

「それとこのサークルの長年の希望でもあった『部室の確保』を、今年はぜひ実現したいと思う」

それを聞いた三年生男子が声を上げた。

「それって具体的にどうするつもり？　毎年『空き部室の抽選』には申し込んでいるけど、中々当たらないじゃん」

一美さんはその三年男子の方を見た。心なしか口元が緩んだように見える。

「今年はそのとっておきの秘策があるんだよ。ほぼ成功間違いなしの秘策がね？」

「それはなんだ？」

俺はその三年男子を見た。そして俺はその答えを知っている。

つい数日前に、俺と燈子先輩が一美さんに相談した件だからだ。

「今年はミス城都大の代わりに、ミス・ミューズが開催される事はみんな知ってるよな？」

大部分のメンバーが頷《うなず》く。

「そこでウチのサークルでは、桜島《さくらじま》燈子をミス・ミューズに推薦しようと思う」

それを聞いて室内の雰囲気がざわつく。

「やっぱりあの記事は本当だったんだ？」「燈子さんが出場するなら優勝の可能性は高いよな」「でもどうして急に燈子さんは参加する気になったんだ？」「今まで頑《かたく》なにミスコンは断っていたっていうのに」

中崎さんがパンパンと大きく手を叩《たた》いた。

「みんな静かに！　一美さんの話がまだ途中だ！」

それでみんな会話を止《や》めて前を見る。

一美さんが再び口を開いた。

「燈子のミス・ミューズへの参加の経緯はともかく、出場する以上は勝ちたいって話だ。

「一応、申請はこのサークルから出されているからな」

一美さんは「申請はこのサークルから出されている」を強調して言った後、グルリとメンバーを見渡した。

俺も横目で周囲の人の様子を窺う。

これを言う事で、誰かから反応があるのか？

だが俺には『燈子先輩のミス・ミューズ参加の申し込みを勝手にしたヤツ』が誰だかは解らなかった。

一美さんも何も見当たらなかったのか、視線を正面に戻すと言葉を続けた。

「燈子がミス・ミューズの九人に残れば、このサークルにもメリットがある。念願の部室の割り当て以外にも補助金が出るし、大学祭では施設が優先的に使用できる」

何人かのメンバーが「うぉー、ヤッタァ！」と喜んでいた。

その気持ちは俺にもよく解る。

大学って実はけっこう居場所が無いのだ。

高校までは『自分の席・自分のロッカー』が決まっていて、荷物も学校に置いておけるし、常に自分の座る場所がある。

だが大学は基本的に席は決まっていないし、自分の私物を置けるスペースなんて無い。

これが研究室やゼミが決まると話は別なのだが、一〜二年生は「大学に来たけど居場所がない」って思いはけっこうある。

そんな時に「行けば誰かいるし、私物も置いておける」部室の存在は有難いものだ。

今までは部室がないため、学食の一角が『たまり』だった。

「そんな訳でサークル全体として燈子を応援して行くんだけど、ミス・ミューズには候補者以外に四人の推薦者が必要なんだ」

一美さんは持っていた紙を手にした。

「推薦者に関しては燈子の意向もあるんで、既に決めさせてもらった。アタシ・林《はやし》美奈・稲本《いなもと》まなみ、そして一色優《いっしきゆう》」

「まぁな、そんな感じになるだろうな」

誰かがそう言うのが聞こえる。

「とは言え、この四人だけで応援する訳じゃない。色んな面でサークルみんなの協力が必要だ。その時はよろしく頼む」

「おお〜、了解！」

「部室のためだもんな。昼寝場所ゲットだ！」

「心置きなくマージャンも出来るしな」

「いやいや、アンタたちの雀荘《ジャンそう》にはさせないから」

「あくまでサークルの部室なんだからね！」

周囲にいた人も俺に話しかけて来る。

「一色君、頑張ってね！」

「応援してるよ」

「憧れの燈子さんの推薦者になれたんだ。嫌でも頑張るだろ」

「死ぬ気で、いや死んでも頑張ってミス・ミューズに絶対入れよ」

それに俺は苦笑して答えた。

「いや、命を賭けるような事はないでしょ」

「気を抜くなって事だ」

「でも燈子なら余裕じゃない？」

「『陰のミス城都大』『真のミス・キャンパス』って呼ばれていたんだもん」

そんな中、一人の先輩女子が俺の肩を摑《つか》んで言った。

「あの『竜胆朱音《りんどうあかね》』にだけは負けないでね」

サークルの総会が終わった後、燈子先輩を中心に俺・一美さん・美奈さん・まなみさんの推薦者四人と、プラス石田が残った。

「石田君は四人の枠には入らなかったけど、一色君と一心同体みたいなもんだから」

というのが一美さんの言い分だ。

「そんなオマケみたいな言い方しないで下さいよ。せめて『第五の男』とかカッコ良く言って貰《もら》えませんかね？」

石田が不満顔でそう言う。

そんな石田を無視して一美さんは俺を見た。

「一色君、今回のミス・ミューズの流れを説明してくれないか」

「わかりました」

俺は用意していたプリントをみんなに配った。

「これは俺がサークル協議会に問い合わせたものです。だから基本的にはこの流れで進むはずです」

俺はプリントの最初の項目『スケジュール』を指さした。

「ミス・ミューズは新入生に大学を知ってもらうための春祭のイベントという事もあって、GW前にコンテストは完了しています。その後の春祭がお披露目《ひろめ》ですね。普通の大学のミスコンが半年近くかけて大学祭で発表するのに比べると、期間はだいぶ短いです」

それを聞いて美奈さんが頷いた。

「ミス・キャンパスの批判の一つに『選考期間が長すぎて、学業や大学生活に支障が出る』っていうのがあるもんね。その点、短期で結果が出るのは有難いね」

「はい、でもそれだけPRの期間は短くなります。だから内面的な良さを知ってもらうのは難しいかもしれません。この点はミス・ミューズの『魅力の多様性』という趣旨から外れているようにも思うんですが」

一美さんが手のひらを上下に振った。

「ミス・ミューズの趣旨はどうでもいいよ。それで投票方法はどうやるの？」

「ネットを使った投票です。ちなみに大学のメルアドで登録したアカウントしか使えないです」

「ＰＲはどうやってやるの？」そう聞いたのはまなみさんだ。

「基本はやっぱりネットですね。何しろ期間が短いですから。ＳＮＳや動画公開が主な活動になりますが、美術が得意な人は個展を開くみたいですし、音楽をやる人はミニコンサートやライブとかもやるみたいです」

「燈子、実際に表に出て何かやる気はある？」

一美さんがそう尋ねると燈子先輩は必死に両手を振った。

「ムリムリムリ！　私はそんな人前に出て何かを披露するなんて出来ないよ。動画だって出来るかどうか解《わか》らないのに」

「燈子には別に無理して何かをさせる必要はないんじゃない？　立っているだけでサマになる女なんだから」

とフォローする美奈さん。

だが……それだけでいいんだろうか？

俺は一抹の疑問を感じた。

「まぁ燈子に何をやらせるか、何をPRするかはまた後で考えよう。まずは今日決めたいのは役割分担だ。誰が何をやる？」

一美さんがホワイトボードに『役割』と書いた。

「俺と優がカメラマンを……」

そう石田が言いかけたのを押しのけるように、美奈さんが大きな声で宣言した。

「ハイハイ！　アタシがカメラマンやるよ。リンスタの映える写真にはけっこう自信があるんだ。前からカメラマンに興味があったし。ヘルプにはまなみが付いてくれるから」

そう言いながら手を伸ばす。石田は完全に横に押しのけられていた。

「そうだな。それじゃあトリッターとリンスタに上げる写真撮影は美奈とまなみに頼もう。一色君は燈子のSNS開設と自己PRの文章を考えて欲しい。石田君はSNSが開設されたら、変な書き込みがないかをチェックして。それと各担当者のヘルプと調整も」

「俺は雑用っすか？」

「重要な役割だ。チーフ・コーディネーターだからな」

「言い方を変えただけじゃないっすか」

そうボヤく石田をおかしく感じながら、最後に俺は付け加えた。

「協議会の方でも専用サーバを用意するようです。だから候補者の写真や動画なんかも、そこにアップできるって。サーバには自由に書き込みが出来る掲示板なんかも作るそうなんで、書き込みをチェックするとしたらソッチも監視が必要ですね」

「うん、わかった。このミス・ミューズは二か月ちょっとという短期決戦だ。週に二回、月曜と木曜には集まって進捗状況を報告し合おう。それ以外にも写真や動画は出来上がったらMINEのグループで共有してみんなで見られるように。それじゃあみんな、頑張ろう！」

一美さんがそう言って打合せを締める。


総会の帰り、俺は燈子先輩に誘われて二人でコーヒーショップに入った。

石田や一美さんたちは気を利かして「先に帰る」と言ってくれる。

俺は普通にカフェラテ、燈子先輩はカプチーノを頼む。

席に着くと、彼女は重いため息を漏らした。

「どうしたんですか？」

俺がそう尋ねると、燈子先輩はしばらく考えるような素振りを見せ、口を開いた。

「思っていたより、大変な事になっちゃったなぁ～と思って」

「まだ始まってもいないですよ」

「そうなんだけど……私は『ネットで自己紹介して、それを見た人が勝手に投票するだけ。それで九人を選ぶ』ってそんな風に考えていたから」

「まあ、ヤルとなったら本気でやらないとですよね。それはこの前、一美さんも言っていたじゃないですか」

俺たちが一美さんに「燈子先輩がミス・ミューズに参加する」という事を話しに行った時、最初は一美さんは乗り気ではなかった。

「燈子がそんなのに出る必要はないんじゃないか？　別にサークルのメリットとか考える必要はないだろう」

一美さんは最初から、『燈子先輩が誰かに強引に乗せられた事』を懸念していたのだ。

だが燈子先輩は責任感が強い。特に自分に関する事で他人に影響が及ぶなら尚更《なおさら》だ。

むしろ頑固に思えるくらいに……

「ううん、もう出るって言っちゃたし、私はやるよ」

燈子先輩がそう言うと一美さんも諦めたらしく、

「そうか。燈子がそう言うんならアタシは応援するけど……」

と協力を約束してくれたのだ。

「そうだね。一美をはじめ、サークルのみんなが協力してくれるって言うし、期待もしてくれているんだけど……でもそれが少し重荷になっているって言うか……私、そんな事で期待されても……」

「燈子先輩なら大丈夫ですよ。だってみんな言っているじゃないですか、『真のキャンパス女王』だって」

燈子先輩は不安と不満が入り混じった目で俺を見た。

「それって別に根拠があってみんな言っている訳じゃないでしょ。私自身はそんなこと言ってないし、思ってもいない」

マズイな、燈子先輩。段々気持ちがネガティブな方に入っている。

俺は燈子先輩の気持ちを、何とか明るい方向に持っていこうとした。

「でも考えようによったら、これはチャンスかもしれませんよ」

「チャンス？　何のチャンスなの？」

俺はわざとじらすような笑顔を作る。

「燈子先輩、前に『可愛《かわい》い女の子を知りたい』って言っていましたよね？　あの時は俺が思う『可愛い燈子先輩』しか答えを出せなかったんですが、今回はもっと色んな人から見た『可愛さ』を知る事ができるじゃないですか」

すると燈子先輩は恥ずかしそうに両手を太腿《ふともも》に挟み、顔を赤らめて俯《うつむ》いた。

「あ、あれは別に……それにあの時の一色君の答えで私は満足してるから」

「それに俺はけっこう楽しみにしているんです。今回のミス・ミューズ！」

燈子先輩が「えっ？」という感じで顔を上げた。

「だってこんな事は学生の時にしか出来ないじゃないですか。高校ではここまで大規模に出来ないし、社会人になったらミスコンに参加できるなんて普通は無いですよ」

「そう言えばそうだけど……」

「しかも自分の身近にそのイベントに参加できるような人がいる。これってけっこう稀《まれ》な状況ですよね？　俺がこういうイベントをプロデュース出来るチャンスって、これが最初で最後だと思うんです」

「え、ええ……」

「俺にとっても、燈子先輩の事をもっとよく知るチャンスなんです。燈子先輩、割と自分の事を話したがらないですから」

「別にそんな、隠している訳じゃ……」

「だから燈子先輩、一緒にこのミス・ミューズを楽しみましょうよ。俺も全力でサポートします。俺が燈子先輩の役に立てるなんて滅多《めった》にない事ですから、俺はヤル気満々ですよ！」

俺が力強くそう言うと、燈子先輩ははにかんだような笑顔を見せた。

「ありがとう。君がそう言ってくれるなら……そうだね、大学時代の一つの思い出として、こういうのもアリかもね」

「そうですよ、一緒に頑張りましょう！　そして楽しみましょう！」

俺のその言葉に燈子先輩はコクンと頷《うなず》いた後、自嘲気味に言った。

「私、ダメだなぁ。一色君の前だと、つい弱気というか本音の部分が出ちゃう。この前『頑張る』って決めたばかりなのにね」

「俺で良ければ、いつでも吐き出して下さい。弱音を放出する先だって必要ですよ」

……それに誰も知らない燈子先輩の顔を、俺だけが知っているのは何だか嬉《うれ》しい。

どうやら燈子先輩も前向きになってくれたみたいだ。

ミス・ミューズ。どうせやるなら楽しみたいし、勝ちたい。

そのためにも燈子先輩が明るい気持ちで参加してくれる事が第一だ。

その後、しばらく雑談をして、俺たちが店を出た時だ。

燈子先輩が聞こえるか聞こえないかの声でポツリと言った。

「私のこと知りたいなら、いつでも話すのに……」

三　女子が作る女子のための燈子先輩PR写真

俺と石田《いしだ》はさっそくSNSに『燈子《とうこ》先輩のミス・ミューズ用のアカウント』を作成した。

トリッター、リンスタグラム、LooksBook、WeTube、KitKot　など。

俺は推薦者として燈子先輩の紹介文を考えた。

後は美奈《みな》さんたちが写真や動画を撮影してくれるのを待つだけだ。

……と思っていたら。

＞（美奈）明日、ＪＲ飯田橋《いいだばし》駅の東口改札に午後一時に集合！

そんなメッセージが飛んで来た。

このグループメッセージには推薦者の四人だけではなく、石田も入っている。

そんな訳で俺と石田は、指定通りＪＲ飯田橋駅に到着した。

「優《ゆう》、今日は何の集まりか知っているか？」

「いや、知らない。でもきっと『写真が撮れたから、それをみんなでチェックしよう』って、そんな所じゃないか？」

しかし石田は首を傾《かし》げた。

「そうかな、それだけならSNS内のグループチャットでも十分だと思うんだが」

俺もそれは感じていた。

「でも撮影した当人としては、直接会って意見も聞きたい所だろう。写真を見た時の俺らの反応とかも知りたいのかもしれないし」

と答えると石田も、

「まあ、そうかもな」と曖昧に同意する。

そこでスマホが振動した。

取ると美奈さんからの電話だ。

「反対側の道路にいるから出て来て」と一言だけ言って電話が切れる。

俺たちは改札の目の前にある目白《めじろ》通りに出た。

道路の反対側に二台の車が止まっている。

一台に美奈さんとまなみさん、もう一台には一美《かずみ》さんと燈子先輩が乗っていた。

「なんだ、一美さんたちも車で来てたのか。それなら俺たちも一緒に乗せてくれればいいのに」

そう言う石田を俺は軽く宥《なだ》める。

「二人で話したい事でもあったんだろう。それか途中で寄りたい所があるとか」

美奈さんが手招きしている。

俺たちは道路を渡って美奈さんの車に近づいた。

「目的地はすぐそこだけど、とりあえず後ろに乗って」

そう言われて俺と石田は美奈さんの車の後部座席に乗り込む。

「どこに行くんですか？」

「すぐ着くから」

俺の質問にそう答えて間もなく「ホラ着いた」と美奈さんは言った。

見ると細長い五階建てのビルだ。

美奈さんはその前に車を止めると、後ろのラゲッジスペースを指さした。

「私は車を駐車場に止めて来るから、一色《いっしき》君と石田君は荷物を運んでおいてね。一美の車にも荷物あるからソッチもお願い」

俺たち二人は美奈さんと一美さんの車から、いくつものダンボール箱と大きな紙袋を下ろす。どうやら中身は服やバッグなどらしい。

一美さんの車にも後部座席に荷物があった。これだけの荷物があったら俺たちは乗れないだろう。

俺たちが荷物を降ろしている間に、まなみさんはビルの中に入って手続きをして来たらしい。

しばらくしてビルから出て来ると、

「じゃあ荷物を運んでくれる？　場所は二階よ。私と燈子はここで荷物の番をしてるね」

と親指で背後を差すように指示する。

「俺たちは荷物運びとして呼ばれた訳ね」

そうボヤく石田と一緒に荷物を運んだ。

扉の前には「撮影スタジオ　ホワイトドール」と書かれている。

「なるほど、撮影スタジオか」

ドアに書かれた文字を見て、石田が呟《つぶや》いた。

「スタジオ？　それってカメラマンとかが使うスタジオか？」

俺がそう聞くと、石田は荷物を下ろしながら答える。

「ああ、そういう人も使うけど、ここはもう少し砕けていて、一般人でもレンタルできるスタジオなんだろうな」

「よくある子供スタジオとは違うのか？」

「違うけど、あれの大人版って考えてもいいかもな。コスプレイヤーなんかが使うスタジオだよ」

「コスプレイヤーって、コミケとかでやっている人だよな？」

「アッチはイベントなんかで大々的に屋外でやるやつ。コッチはコスプレを日常的に楽しんでいて、撮った写真をSNSなんかにアップするんだよ」

「ふ〜ん」

俺はそういうのは自分の部屋で撮影しているんだと思っていた。

「けっこう内装とか背景とか小道具にこだわりがあって、腕のいいカメラマンが撮ればイイ写真になるんだ」

その後、俺たちは二往復ほどして全ての荷物をスタジオ前に移動した。

同じ頃、車を駐車場に入れた美奈さんと一美さんが戻って来る。

「じゃあ中に入ろうか」

そう言ってまなみさんがドアを開ける。

部屋の中は二十畳はあるだろうか。

黒を基調にした部屋と、明るい白を基調にした部屋の二つがある。

一番奥に化粧台やハンガーラックが見えた。

様々な撮影用小物以外に、ちゃんとした撮影用ライトにLEDリングライトも用意されていた。

まなみさんが化粧台の前に仕切り用の衝立《ついたて》を置き、こちらから見えないようにする。

おそらくそこで着替えなどをするつもりだろう。

俺は反対側になる白い部屋を眺めた。

まるで貴族のお嬢様が座るようなカウチソファまである。

確かにコレなら、可愛《かわい》らしい写真もゴージャスな写真も撮れるだろう。

反対側を見ると、収納みたいなスペースがあった。

だが何も置かれていない上、青いライトが内部を照らしていた。

「ここは何だ？」

石田も近寄って来て覗《のぞ》いてみる。近くのスイッチを押すと赤いライトに変わった。

「俺もよく知らないが、ライトの色が変わる所を見ると、背景に特殊な効果を付けたい時に使うんじゃないかな」

「なるほど、この部屋じゃ白か黒のバックしか撮れないもんな。ここを使えば赤だの青だの紫だのって背景が出来る訳か」

「そうだな。もっともこの大きさじゃ全身はムリだから、バストアップしか撮れないだろうけどな」

そんな話をしていたら、衣装の用意が出来たらしい女性陣が出て来た。

燈子先輩は上が肩を隠す袖丈の黒のハイネック、下がベージュのワイドパンツだ。手にはブランド物らしいバッグを持っている。

「じゃ写真撮るね」

美奈さんがそう言ってまなみさんと二人で、スマホで写真を撮りだした。

それを見てまた石田が呟く。

「撮影機器はスマホか。ちゃんとした一眼レフのデジカメの方がいいんだけどな」

俺も同じ事は思っていたが、最近の普通の人は一眼レフのデジカメなんて持っていないだろう。

「でもスマホのカメラアプリも最近は性能がいいし、色んな調整や効果が付けられるからいいんじゃないか？」

「そう言っちゃえば、そうなんだが……」

石田はまだ何か言い足りなそうに口ごもった。

その後も燈子先輩は『黒地に白い水玉のワンピースにベージュのジャケット』『濃い紫の七分袖のブラウスに細身のピッタリとしたジーンズ』『ブラウンチェックのキャミワンピースに薄手のベージュのカーディガン』などを次々と着て、様々なポーズを取った。

腰に手を当てたモデル立ち、ジャケットを片手で肩に引っかけて颯爽《さっそう》と歩くポーズ、長い髪に手を当てて遠くを眺めるポーズ等々。

その燈子先輩を、美奈さんとまなみさんが次々に撮影していく。

俺と石田はその間、美奈さんとまなみさんの指示に従って、ライト位置を直したり、光の加減を調整したりとアシスタント的な作業をやらされていた。

「うん、すごくカッコ良く撮れてる！　私って天才！」

美奈さんはまなみさんと撮影した画像を見ながら、そう自画自賛していた。

それを聞いた燈子先輩は俺に近寄ってきた。そっと尋ねる。

「一色君から見て、どうかな？」

「素敵です、よく似合っていると思います」

俺にはそうとしか返せなかった。

いや、これは嘘《うそ》ではない。

実際、燈子先輩はどの服装もよく似合っていた。

そしてどのポーズもビシッと決まってカッコいい。

女性ファッション雑誌から抜け出して来たようだ。

さすがは元・読者モデルといったところか。

でも……そう、まさしく『ファッションモデル』といった感じなのだ。

俺としては、もっと燈子先輩の自然な可愛らしさを出した方がいいと思うのだが。

バックが白い部屋にしろ、ゴシック調の黒い部屋にしろ、燈子先輩の落ち着いた知的な美貌は、写真としては良い出来なのだろう。

バラの花一輪を手にして物憂げに俯《うつむ》く表情など、額縁に入れて飾れるんじゃないかと思うくらいだ。

最後にノートPCに画像を取り込んで、全員でそれを確認する。

「ネッ、いい出来でしょ？　燈子らしい魅力もしっかり出てる！　これならSNSに出してもバッチリだよ」

美奈さんはそう満足気に言った。

「本当、改めて見るとやっぱり燈子って美人だよね。本当のモデルみたい。憧れちゃうよ」

まなみさんも楽しそうな様子だ。

実際に燈子先輩は読者モデルだった訳だしね。

「確かに燈子という素材もいいけど、持って来た衣装もセンスがいいな。さすがだよ」

一美さんも納得したように言う。

「コラコラ、カメラマンの腕の良さも忘れないで！」

そんな感じで女子三人は満足そうに感想を言い合っている。

燈子先輩も満更ではないのだろう。明るい表情だ。

だが俺は……やはり何か違う気がした。

撮影が終わった後、女性陣四人は買い物&女子会らしい。

俺と石田は来た時と同じく、二人で電車に乗って帰る。

俺は撮影中ずっとモヤモヤ感じていた事を石田に聞く事にした。

「なあ石田。今日の燈子先輩の写真、どう思う？」

「どうって？」

「うまく言えないんだが……美奈さんたちが言うほど、良かったのかな？」

石田も難しい顔をして腕組みをした。

「悪くはないと思う。確かに燈子先輩らしいんだが……何かピンと来ないよなぁ」

「やっぱり石田もそう思うか？」

「そうだな。どこが悪いとかって指摘は出来ないんだが、何かがズレている気がする」

「俺もずっとそう思っていたんだ。写真はよく撮れていたし、燈子先輩もキレイだったけど、いかにも『ファッション雑誌のモデルです』って感じがして、無機質な感じがしたんだよな」

俺たちはしばらく二人して考え込んでしまった。

ミスコンって、こんなものなのだろうか？

もっとワイワイガヤガヤとした感じを想像していたんだが。

「とりあえず今は仕方がないかな。美奈さんたちが撮影係って決まったんだから」

石田がそう言うと俺も「そうだな」としか言いようが無かった。

その夜には美奈さんからＳＮＳにアップする写真六点がメールで送られてきた。

彼女たちが話し合って決めたのだろう。

どの写真も『燈子先輩のカッコ良さ』が表れている。

そう……『カッコ良すぎる』ぐらいに。


その数日後に再び俺と石田は呼び出された。

今度は動画の撮影という訳だ。

お台場、東京ビッグサイト、葛西臨海《かさいりんかい》公園と三か所を巡る。

やはり燈子先輩が身に着けたのは、大人な感じのシックでエレガントな服装だ。

ポーズ、歩き方、振り返り方。

その仕草一つ一つが『完璧な大人の女性』を演じている。

だが……やはりそれは俺が感じる『燈子先輩の魅力』とは違っていた。


まずは定番でリンスタとトリッター、WeTube のアカウントから作業を始める。

リンスタとトリッターは初日でフォロワー数が千近く、三日で三千を超えていた。

ウチの大学の学生数が約一万八千人だから六分の一以上だ。

もっともこれは一般のＳＮＳだから、実際の票になる学生がどこまでフォローしてくれているかは目安にしかならないが。

改めて燈子先輩の人気の高さ、注目度の高さを思い知る。

「どう？　私のカメラマンとしての腕は？　大したもんでしょ？」

その結果を見て美奈さんは自慢げにそう言った。

今日も推薦者メンバー、プラス一年の主力女子で大学に集まっているのだ。

(燈子先輩本人は家庭教師のバイトがあるらしく、ここには来てない)

「本当、美奈にこんな才能があるとは知らなかった。凄《すご》いよ」

とまなみさんが持ち上げると
「本当ですよね。美奈さん、プロになれるんじゃないですか」

と綾香《あやか》さんがそれに乗っかり、

「うんうん、まさしくプロ級ですよ。私も今度、美奈さんに撮ってもらいたいな」

と有里《ゆり》さんも一緒になってヨイショした。

それを聞いてさらに美奈さんは得意げに鼻を高くする。

「でしょ〜、でしょ〜。私も密《ひそ》かに自信あったんだ！　就活しないでプロカメラマンを目指そうかな？」

そして俺の肩に手をかけた。

「ねぇ、一色君も燈子の撮影、私に任せて良かったでしょ？」

とそう聞いて来る。

「ええ、まぁ」

俺のその返事は彼女のお気に召さなかったらしい。

「何よ、その生返事。なにか不満でもあるわけ？」

彼女の上機嫌に水を差したのか。

だが俺は今日のデータの伸びを指して言った。

「不満がある訳じゃありませんよ。ただ昨日までの三日間に対して、今日の伸びが悪すぎるかなと。もう昼過ぎなのにまだ百少々しか増えていません」

俺のその言葉に対して、まなみさんが理由を付けた。

「それはやっぱり最初の方が勢いがあって当然じゃない？　サークル協議会のサイトにも燈子のSNSが紹介されたのは二日目からだし。毎日が今までのペースで伸びる訳はないでしょ」

「それはそうなんですが……でもトップの竜胆朱音《りんどうあかね》はもう六千フォロワー、二番目がカレンなんですけどそれでも四千フォロワーがいるんです」

それを聞いて美奈さんが露骨に不満そうな顔をした。

「竜胆とカレンは一番最初からミス・ミューズへの参戦を表明しているじゃない。それでSNSも早くから開設している。今週から始めた燈子とは比べられないよ」

それにまなみさんも同調する。

「そうだよ。むしろたった三日でここまで追い上げているんだから、燈子の方がずっと凄いって事だよ」

「私もそう思う。一色君、気にし過ぎだよ」と綾香さん。

「そうそう、もっとポジティブに考えなきゃ」と有里さん。

するとそれまで黙って聞いていた一美さんが口を開いた。

「この最初の三日間の伸びが凄すぎただけ、とも考えられるよな。だってこの調子なら後三日でトップの竜胆朱音も追い抜くって事だろ？　さすがにそれは無いと思う。まぁもう少し様子を見ようよ」

俺は黙って一美さんの言う事を聞いていた。

だが俺の中にはどこか納得しきれないものがあった。

四　カレンの接近

新年度が始まる四月一日。大学の入学式だ。

そしてこの日は、サークル活動の中でも最も重要と言うべき『新入生の獲得』というイベントがある。

別にこの日一日で新入生は入るサークルを決める訳じゃないが、やはり入学式に勧誘されたサークルが一番印象に残る事は間違いない。

それに一人が入れば、大抵はその周囲の何人かも一緒に入ってくれる。

そんな訳でサークルのメンバーは、全員総出で宣伝と新入生の勧誘を行う。

俺と石田《いしだ》は並んで新入生にチラシを渡す。

「イベント系サークル『和気藹々《わきあいあい》』、楽しいよ、一度遊びに来てみて！」

「このチラシに書いてある日はサークル紹介とその後に飲み会やるからさ。新入生は参加費無料だから顔出してみてよ」

女子にはこう付け加える。

「イベント系だけど元はアウトドア中心だったから、変なサークルじゃないから安心して。

女子メンバーも沢山いるから」

関心を示してくれた人には、次の殺し文句を言う。

「ウチのサークル、楽単（楽に取れる単位の略）の情報多いから。来てくれればその資料を見せてあげるよ」

「八年分の各学部の過去問とかもあるんだ。ここまで揃《そろ》えているのはウチくらいだから」

とこんな感じで、恥も外聞もなくエゲツなく新入生を勧誘する。

だがどんな謳《うた》い文句《もんく》より新入生を獲得しているのは、やっぱり燈子《とうこ》先輩だ。

ただ「サークル『和気藹々』、よろしくね」と言ってチラシを渡しているだけなのに、どんどん入会希望者名簿が埋まって行く。

むしろ燈子先輩からチラシを貰《もら》うために、その周囲だけ人だかりになっているくらいだ。

燈子先輩からチラシを受け取った男は嬉《うれ》しそうに他の男に自慢している。

俺たちからチラシを受け取っても、わざわざ燈子先輩の所でもう一枚貰うヤツもいる。

そんな様子を見て、石田が話しかけて来た。

「やっぱり燈子先輩の人気ってスゲーよな」

「まあな」

「あの人のルックスはトリプルSクラスだからな。男が群がるのも当然か」

「そうだな」

俺の声は少し不愛想だったのだろう。

「なんだ、優《ゆう》。不機嫌なのか？」

と聞いて来る。

「別に。不機嫌ってほどじゃないよ」

……ちょっと面白くないとは思っているけどな。

石田はニヤッと笑うと、俺の肩に手を置いた。

「妬《や》くな、妬くな。俺たちだって去年はあの中の一人だったんだぞ」

「だからそんなんじゃないって言ってるだろ。あの程度で嫉妬なんてするかよ」

そうだ、見ず知らずの新入生相手に嫉妬なんてしない。

ただなんだろう、ちょっとモヤッとするだけだ。

「それにしても今年も女子が多いな」

石田が新入生の行列に視線を移しながら話題を変える。

「あ〜あ、結局去年は彼女出来なかったもんな。こんなに女子が一杯いるっていうのに」

「女子が多いからって彼女が出来る訳じゃないもんな」

「ずいぶんと余裕の発言だな、優。もっともオマエは去年は速攻で彼女が出来たもんな。速攻で浮気されてたけど」

「そこをイジるか？　嫌な事を思い出させるなよ」

「でもいいじゃん。そのお陰で今は燈子先輩と親しい関係になれたんだし」

そう言えばそうだが、その『親しい関係』と『恋人同士』の間には、かなり高い壁があるからな。

「オシ、俺も今年は彼女を作るぞ！　そのために今年は合コン三昧だ！」

「合コンのアテがあるのか？」

「とりあえずは女子大の娘《こ》と仲良くなる！　この後、どうせ女子大にも勧誘に行くだろ。そこが第一チャンスだ」

コイツ、サークルの勧誘より一本釣りを狙っているな。

「それで思い出したんだけど、俺たちは他大学の勧誘は行かなくていいってさ」

「え、なんでだよ！」

石田が驚いたような顔をした。こういうのを『鳩《はと》が豆鉄砲を喰《く》らったような顔』って言うんだろうか。

「一美《かずみ》さんが『ミス・ミューズの推薦者は、燈子のSNS宣伝に全力を尽くせ』ってさ」

「ゲエッ。でも俺はよく考えたら推薦者に入ってないよな」

「石田も推薦者扱いだろ。MINEのグループにも入ってるじゃないか」

俺は少し意地悪な笑いを浮かべた。

「くっそ〜、女子大の空気を吸ってHPを回復しようと思ってたのに。こうなったら今年の新入生で可愛《かわい》い子をチェックしてやる。あ、君たち、サークルに興味ない？　アウトドアとかもやる健全なイベント・サークルなんだけど……」

石田はさっそく新入生の女子二人組に話しかけていった。

切り替えの早いヤツだ。


新入生の勧誘が終わった後、俺は会議室で燈子先輩のSNSのフォロワー数と『いいね』の数をチェックしていた。

この大学では空いている教室や会議室などを、申請すれば時間貸ししてくれる。

今のような四月に入ってまだ授業が始まっていない時期は空き教室も借りやすいはずだが、他のクラブやサークルも借りようとするので、中々場所を確保するのは大変だ。

今日は運良く手頃な広さの会議室を借りる事が出来た。

俺がデータをエクセルにまとめていると、ドアが開いて燈子先輩・一美さん・美奈さん・まなみさんが入って来る。

「おっ、珍しい。一色《いっしき》君一人か？」

一美さんがそう声を掛けてくる。

「俺だっていつも石田と一緒にいる訳じゃありません。アイツは今日は買い物に行っています」

石田が行った先はアキバのコミックや同人誌の専門店だ。

なんでも好きなコミックとラノベが数冊発売されるらしいのでそれを買いに行ったのだ。

そこまでみんなに言う必要はないが。

「そっか、それじゃさっそく今日の打合せに入ろうか？」

一美さんのその言葉に、美奈さんが自分の意見を述べる。

「了解！　次の撮影は恵比寿《えびす》ガーデンプレイスか東京タワーの辺りで撮ろうと思っているの。それで燈子、春っぽい服はどんなのがいい？」

「う〜ん。そうね、春物も一通りは揃っているけど……」

「こんな感じはある？　春物のロングカーデで薄手の黒レースのロングスカートとか……」

美奈さんが持って来たファッション雑誌を広げる。

俺もそこに目を走らせた。やはり年齢層高めに感じる服装だ。

「こういう黒レースのロングスカートはないけど、薄手の黒のワイドパンツは持ってるよ」

そう答える燈子先輩だが、その表情は少しウンザリしているように見えた。

「あの、俺、思うんですが……」

思わず口が出た。

あまりに突然だったせいか、みんなが一斉に俺を見る。

「燈子先輩の衣装、少し雰囲気を変えてみませんか？　今までの写真って割と落ち着いたって言うか、暗い色調の衣装が多かったと思うんで」

「大丈夫だよ。今回は春物って事で、パステルカラーの服も入れるつもりだから」

美奈さんが「問題ない」といった口調で答える。

「いや、そういう意味じゃなくって。少し落ち着き過ぎているんじゃないかって思うんですよ。リンスタの画像もまるでファッション雑誌みたいな感じになっているし」

「それでいいんじゃない？　だって燈子《ふさわ》のイメージってやっぱり『クール・ビューティ』でしょ。『真のキャンパス女王』に相応しい、みんなから見て『カッコイイ』『キレイ、憧れる！』って思える写真でなくちゃ。それでフォロワー数も伸びているんだし」

「そのフォロワー数の伸びも問題なんです。この表を見て下さい」

俺は女性陣に向かってノートＰＣの画面を向けた。

「リンスタとトリッターのフォロワー数ですが、四月に入ってやっと三千五百です。最初の三千から五百くらいしか増えていません」

みんながモニターを覗《のぞ》き込む。

一美さんが言った。

「竜胆朱音《りんどうあかね》とカレンのフォロワー数はどうなんだ？」

「それも同じで五百ぐらいずつ増えました。竜胆が六千五百、カレンが四千五百です」

それを聞いた美奈さんが言った。

「じゃあやっぱり問題ないんじゃない？　みんな同じように五百ずつしか増えていないんだよね？　今が伸びにくい時期なんだと思うよ」

「でも同じ数しか増えないとしたら、竜胆朱音やカレンとの差は縮まらないですよね。それじゃあダメだと思うんです。現に四番手以降の人で千以上フォロワー数を伸ばしている人もいますから」

まなみさんが少し考えるような顔をして、燈子先輩の方を見た。

「燈子はどう思う？　ここは燈子の気持ちが大事だと思うんだけど」

だが燈子先輩は視線を下に逸《そ》らす。

「私は……特にどうしたいっていうのは無いんだけど……美奈が一生懸命やってくれている事は解《わか》っているし、私に一番似合うと思う服と写真を考えてくれていると思うから……」

俺は燈子先輩を見た。

燈子先輩は、本心はどう思っているんだろう。

以前、燈子先輩は『読者モデルをやった時、シックな大人っぽい服ばかりだった』と言っていた。

それに対して不満を述べた訳ではないが、本人はもっと違う感じの服を着たかったんじゃないだろうか？

「一色君は私の考えた衣装と写真じゃダメだって言いたいの？」

美奈さんが不満そうに口を尖《とが》らす。

「いや、ダメって事じゃないんですが……フォロワー数の伸びが鈍化しているなら、イメージを変えるのもいいんじゃないかと思ったんです」

五人の間に沈黙が流れる。

その沈黙を破ったのは一美さんだった。

「まだこの段階じゃ、今の方向性が悪いかどうか判断できない。新入生も入って来た事だしね。ここで一気にフォロワー数とかも増えるかもしれない。もうしばらく今のまま様子を見よう」

そうしてその日の打合せは終わった。


三日後の昼過ぎ。

まだ大学の選択授業が決まっていないため、俺は空き時間だ。

俺は学食の隅の方でノートPCを開いていた。

……やはり四月に入ってからも、燈子先輩のフォロワー数の伸びが悪い……

俺はネットから一緒に取得した竜胆朱音やカレン、その他の候補者の『フォロワー数の日別増加数』を見比べる。

これらは全て、俺がプログラムで深夜に自動取得するようにしたものだ。

そしてそれを見ると……燈子先輩のフォロワー増加数より、少しだが竜胆朱音やカレンの方が多い。

新入生のフォロワーもいるが、条件はみんな同じはず……

やっぱり今の方向性は不十分なんじゃないか？

「こんな隅っこで、なに難しい顔してんのよ」

あまりに突然に声を掛けられたので、俺はビクッとして顔を上げた。

すぐ横にカレンが立っている。

俺は慌てて集計結果のエクセルファイルを閉じた。

「学食の隅で暗い顔して潜んでいるなんて、まるでゴキブリだね」

「別に潜んでねーよ。ゴキブリとはひどい言い草だな」

つーか仮にも元カレだった男を、ゴキブリ呼ばわりするか？

「食堂の暗い隅にいるモノって、他に例えようがある？」

そう言いながらもカレンは俺の隣に腰を下ろした。

だがハッキリ言って作業の邪魔だ。

「おい、隅っこは嫌いなんだろ。いつも通りもっと目立つ窓際の席に行けよ」

カレンは学食でも『恋人ご用達《ようたし》』と呼ばれる窓際の丸テーブルがお気に入りだ。

俺はソッチの方を顎でしゃくった。

「学食の隅っこにいる陰キャが何をしているのかな〜、と思って」

「別に何もしてねーよ。オマエと違って俺はこういう人目に付かない所が好きなんだ。明るい所だとモニターに光が入って見づらいし、ここなら柱の陰で好きな時に眠れるだろ」

だがカレンはイジワルそうに笑うと、モニターを指さした。

「何もしてないって？　さっき開いていたのはミス・ミューズの候補者のデータでしょ。それでアタシが来て慌てて隠すなんて根暗〜」

くそっ、コイツ見てたのか。いったいどのくらい見ていたんだろうか？

「そんなクソ陰気な事をしなくっても、アタシの知っている事なら教えてあげるよ。ホラ、本人に堂々と聞いてみたら？」

カレンは揶揄《からか》うようにそう言ってきやがった。

コイツ、完全に面白がっているな。

「別に、カレンに聞きたい事なんてないよ」

「ふ〜ん」

カレンは半目開きで口元だけ笑う。

「じゃあアタシが当ててあげようか？　実はアンタは今、燈子のＳＮＳの方向性に疑問を感じている。今のままでいいのかなって不安になっている。違う？」

「！」

俺は思わず反応しそうになるのを、無言で押《お》し留《とど》めた。

目だけでカレンの表情を窺《うかが》う。

するとそこで俺と目が合った。

カレンの目が「ニィ～」という感じで半月形になる。

「図星だったみたいね」

「別に不安とまでは思っちゃいないよ。今のＳＮＳでも燈子先輩らしい魅力は十分に出ているからな」

「へぇ～」

カレンがさらにニヤニヤ笑いを深めた。

「でもさっき見ていたのって、候補者のフォロワー数か何かじゃないの？　ずいぶん難しい顔をして見つめていたよ。そりゃそうだよね。フォロワー数やイイネの数が、ミス・ミューズの得票数に比例するって言われているもんね」

俺は内心の動揺を隠すため、カレンから顔を背けた。

「カレンのフォロワーの増え方も同じようなもんだろ」

「同じような増え方なら、最初から始めているアタシや竜胆朱音との差は埋まらないよね？」

コイツ、俺が思っている事を次々と……

「それに今のままなら、この先もっと差が開くんじゃないかな？　他の候補者も追い上げてきているみたいだし」

「どういう意味だよ？」

俺が向き直ると、カレンが今度は横を向いた。

「さぁ～、なんでだろうね？」

「何か仕掛けでもあるのか？」

「仕掛け？　今の段階じゃ仕掛けがあっても意味ないんじゃない？　それにあったとしても作戦まで敵に教える必要はないよね？」

カレンは横を向いたまま目を閉じて意味ありげな笑みを浮かべている。

そして俺は、カレンのこのセリフに微妙な違和感を感じた。

しかしその時の俺は、カレンのこの自信タップリな態度に腹が立っていたのだ。

「別にいいさ。オマエに教えて貰《もら》おうとは思ってない。じゃあな」

俺はそう言ってノートPCを閉じて立ち去ろうとする。

するとそれが意外だったのか、カレンはキョトンとした後、慌てて俺の腕を摑《つか》んだ。

「ちょっと待ってってば。そんなに慌てないでよ。まだ話し始めたばかりじゃん」

「カレンと話しても時間のムダだろ。オマエはさっき『アタシの知っている事なら教える』って言ったのに、そのすぐ後に『作戦まで教える必要はない』って言ったしな。オマエの遊びに付き合う必要はない」

「せっかちだなぁ〜」

カレンが呆《あき》れたようにそう言った。

「まぁ待ちなよ。アタシもヒントさえ教えないつもりじゃないからさ」

俺はその言葉に疑問を持った。

コイツは何のつもりなんだろう。

カレンにとって俺にヒントを与える意味って何だ？

何のメリットもカレンには無いと思うのだが？

「アンタはさ、燈子の魅力って何だと思っているの？」

「燈子先輩の魅力？」

思わず考える。

「全部……かな」

「ハッ、デレてんじゃないわよ」

カレンが呆れたような顔をする。

「カレンが聞いたんだろ」

「そうゆう事を聞いているんじゃないの。アンタから見て『燈子の一番魅力を感じる所は何か』って聞いているのよ。思わず他人に言いたくなるような所とかね」

「思わず他人に言いたくなるような所か？　う〜ん、普段はクールな感じだけど何かの拍子に可愛《かわい》らしさを見せる所とか、冷静なように見えて実は慌てん坊な一面があるとか、無関心なように見えて本当は誰よりも周囲の人に気を配っている所とか、常に理性的な行動を取っているように見えて本当は情に厚いとか……ともかく近くにいると可愛い面がいっぱい見えるんだよ、燈子先輩は」

「……元カノを目の前にして、よくそこまで言えるわね……」

「オマエが言えっつったんだろうが。それに俺は本心では『燈子先輩の可愛い所』を他人には知られたくないんだよ。俺だけが知っていたいって言うか」

「ここでまさかの『彼氏気取り』！　キッモ！」

「オマエ、俺をおちょくってんのか？」

カレンはそれまでの会話を払拭するかのように、頭を左右に振った。

「アンタが燈子をそう思うんならさ、今のＳＮＳの写真は間違いじゃないの？　いまアンタが言った事は一つも反映されていないじゃない」

俺は言葉に詰まった。

確かにコイツの言う通り、俺が思う『燈子先輩の魅力』は今の写真にも動画にも一つも表れていない。

それと俺が気にしたのは……カレンは既に、燈子先輩のサイトをチェックしているという事だ。その上で俺が感じている不安を正確に言い当てている。

「それはだな、美奈さんたちが撮影係だから……」

「あの写真がサークルのお局《つぼね》連中の趣味だっていうのは解《わか》っているよ」

「お局って、俺たちと一年しか変わらないぞ」

「サークルの三年女子なんて『お局』だよ！　そんな事より……」

カレンが先を続けた。

「今の燈子のSNSは、完全に女子学生しか対象にしていないって事だよ。男子は切り捨てている」

その言葉はズシンと響いた。俺がずっと感じていた事を、ハッキリと言葉にされたからだ。

「ちょっと燈子のリンスタを開いてみて」

俺は先ほど閉じかけたノートPCを操作し、ブラウザに燈子先輩のリンスタグラムのページを開いた。

映し出された燈子先輩の写真をカレンが指さす。

「確かにさ、燈子はカッコ良く撮れてるよ。服のセンスも悪くない。でもこれじゃあ服の宣伝だよね？」

言われて俺も「あっ」と思った。

そうだ、ファッション雑誌風写真の違和感は『人物より洋服を見せる事』に重きが置かれている点だ。

よってこの写真では『燈子先輩の服装センスの良さ』は表れても、『燈子先輩自身の魅力』は表現できていない。

撮影アングルも、全身写真か腰から上の写真が多い。

表情にも動きがない。

「アタシのリンスタのページを開いてみて」

俺は言われるがまま、カレンのページを開いた。

そこにはカレンの笑顔が溢《あふ》れる写真が並んでいた。

写真自体も動きがあり、『カレンという人間』に興味が湧いて来るだろう。

「どうよ、コッチの方が人物のストーリーが浮かび上がって来るでしょ」

確かにその通りだ。『その日のカレンが何をしていたか』『何を食べて美味《おい》しいと思ったか』が如実に伝わって来る。

カレンの言う通り、写真自体にストーリーがあると言えるだろう。さすがは文学部、といった所か？

「確かにな……可愛く撮れている」

思わず俺もそんな本音を漏らしながら、カレンのページをスクロールしていく。

俺は各候補者のフォロワー数や『いいね』の数はプログラムで自動取得していたが、それぞれのページはそんなに真剣に見ていなかったのだ。

ふとカレンが急に無言になったので横を見てみると、少し顔を赤らめて俺を見ていた。

なんだコイツ、もしかして照れてるのか？

俺と目が合ったカレンは慌てたように口を開いた。

「と、当然でしょ。このアタシの写真なんだから。そんな動くマネキンみたいな写真と比べられても嬉《うれ》しくないよ！」

「はいはい」

そう言った所で俺はある写真で目を留めた。

カレンが風呂場で白いＴシャツを着たままシャワーに濡《ぬ》れてしまい、ピンクのブラジャーが透けて見えている写真だ。

コメントには『お風呂掃除の最中、間違ってずぶ濡れ！』と書かれている。ご丁寧に横には『テヘペロ』的な絵文字付きだ。

よく見ると、他にも微妙にＨっぽい写真がある。

『新しい水着、買っちゃった。夏が待ち遠しいな』とか『このキャミ、可愛くない？』とか『一人パジャマ・パーティ』などだ。

それに気づいて注意して見ると、クレープを差し出す写真ではブラウスの胸元が大きく開いている。

胸元がかなり奥深くまで見えてしまっているのだ。しかもブラをしてないっぽい。

「オマエ、写真を撮る時に、もう少し注意した方がいいんじゃないか。これなんかあと少しで見えちゃイケナイ所まで見えちゃいそうだぞ」

だがそれをカレンは鼻で笑った。

「なに童貞高校生みたいなこと言ってんのよ。こんなの、ワザとに決まっているでしょ。計算だよ、計算」

「これ、ワザとこうして見せているのか？」

「そうだよ。こういう微エッチな写真が男子学生の心を摑むんだよ。それにちゃんと見えないようにニップレスとか貼っているしね」

「じゃあコッチの『シャワーで濡れてブラが透けている写真』も計算なのか？」

「あったりまえじゃん。誰が風呂掃除の最中にスマホなんか持っているかっつーの」

言われてみればその通りだが……

唖然《あぜん》とした俺に、カレンは勝ち誇るような顔で言った。

「こういう『天然っぽくたまたま見えそうな写真が撮れちゃった』って、男は萌《も》えるでしょ？　この手の写真を入れておけば、フォロワーの男子は毎日アタシのページを見たくなるし、『いいね』も増えるってもんなのよ」

「あ、あざといな、オマエ……」

この女と付き合っていたのかと思うと、改めて背筋が寒くなってくる。

「はぁ？　なに言ってんのよ。このぐらいみんなやってるって。この程度で驚いていたら、この先勝ち残れないよ。アタシだってコスプレとかも入れようかなって思っているくらいなんだから」

まさしく「ぐうの音も出ない状態」の俺に、カレンが畳み掛けるように言い放つ。

「解った？　あんな出来の悪いファッション雑誌みたいな写真じゃ誰も興奮しないって。せいぜいお仲間女子が『いいね』を押してくれるのが関の山だよ」

そう言いながらカレンは立ち上がった。自分のカバンを肩に掛ける。

立ち去ろうとするカレンを俺は呼び止めた。

「ちょっと待ってくれ。カレンはなんで、俺にこんなヒントをくれたんだ？　黙っていた方がオマエにとって有利だろ？」

するとカレンは少し考えるような素振りをした。

「別にそんな大した意味はないよ。アタシとしては燈子にミス・ミューズを少しかき回して欲しいし……何より、あの女にこんな所で消えて欲しくないんだよ」

そう言うと、後は俺を見ずに歩き去って行った。

五　俺が一番、燈子先輩の魅力を解っているんだ!（とあるロボットアニメ風）

その夜、俺と石田《いしだ》はいつもの国道沿いのファミレスで会っていた。

話の内容は『昼間にカレンに言われた事』だ。

「なるほど、カレンちゃんがそんな事を言っていたのか」

石田がマグロ漬け丼を貪りながらそう言った。

「ああ、『人じゃなくて服を見せてる』、『ファッション雑誌みたいな写真で男が萌《も》えるか』ってな」

俺の方はフレンチトーストだ。夕食は家で済ませたので軽食にした。

「確かにな。女性向けファッション雑誌って肌を露出した写真も多いけど、それをエロ本代わりにしているって聞かないもんな」

おかしな例だが、その通りだ。

モデルの写真はあくまで服を見せるもの、カレンの言う通り人を中心にはしていない。

「それで優《ゆう》は明日、この事を一美《かずみ》さんや美奈《みな》さんに直談判《じかだんぱん》するつもりか？」

「そうしようと思う。それで石田にも俺を後押しして欲しいんだが……」

俺の語尾が弱くなる。

正直な所、自分の写真に自信を持っている美奈さんを説得できる自信がない。

「う〜ん、ただ『服じゃなくて人物中心の写真にしましょう』って言っても難しいだろうな。美奈さんにはその認識はないだろうから」

「だから具体的な代替案を提示しようと思っている」

「その代替案ってどんなのだ？」

「もっと自然な燈子《とうこ》先輩とか、普段の日常の姿とか、そんなのを考えているんだが」

「その案じゃ美奈さんたちを方向転換させるのは難しいだろ。彼女たちは『普通じゃダメだ』って思っているんだから」

「そうなんだよなぁ。美奈さん、すっかり人気カメラマンのつもりだもんなぁ」

俺が頭を抱えるようにテーブルに前のめりになると、石田が丼を置いて言った。

「ちなみにカレンちゃんはどんな写真を上げているんだ？」

俺はカバンからタブレットPCを取り出した。

カレンのリンスタグラムのページを表示して石田に渡す。

「へぇ、さすがはカレンちゃん、可愛《かわい》く撮れているな。なんか実物の五割増しくらいに可愛いんじゃないか？」

「当然、写真に加工を入れて盛ってはいるだろう。でもそれを差し引いても、写真の見せ方は見事だよ」

「なるほどなぁ。おっ、コレなんかけっこう胸が見えそうじゃん」

石田がグッと身体《からだ》を前に乗り出した。

でも写真だからいくら身を乗り出しても、見える範囲は変わらないぞ。

「それもカレンの計算らしい。そういう『天然で意識しないのに、Hっぽいのが撮れちゃった』を装っているんだってさ」

石田が驚きの表情で顔を上げた。

「じゃあこの『水に濡れたTシャツで透けブラ』も『パジャマのズボンが落ち気味でパンティが少し見えている』のも、みんな計算ずくのチョイ見せって事なのか？」

わざわざタブレットを俺の方に向けて、興奮気味にそう言って来る。

「バカ！　大きな声を出すなよ。恥ずかしいだろ」

俺はタブレットを押し返した。

他人から見たら、こんなのタダの変態の会話だ。

にしても良く見てるなコイツ。パジャマ姿で下着が見えているのは俺は気づかなかった。

「すまん。だけどそれにしても……怖いな、リンスタ女子って。常にそういう点に気を配っているのか。大抵の男子は騙《だま》されちゃうだろうな」

「それくらい当たり前で、カレンはコスプレとかも取り入れようって考えているみたいだ」

「ううむ、そう言えばこの写真のバストの見せ方、俺の好きなゲームの女の子のバストアップと同じ構図だ」

石田が感心したように呟《つぶや》く。

「どっちにしろ今のままじゃジリ貧だ。次のミーティングでは、『今までと違う、俺たちが思う燈子先輩の良さ』っていうのを提示しないとならない」

俺がそう言うと石田はタブレットを改めて見つめ直す。

「でもなぁ、燈子先輩にこんな『チョイ見せのHっぽい写真にしよう』って言っても絶対に断られるだろう。一美さんだって反対するだろうしな」

「当たり前だよ。俺だって燈子先輩のそんな写真は載せられない」

「そうなると、どんな写真ならいいのか……」

俺たちは二人して考え込んでしまった。


その夜、俺はベッドの中で独りで考えていた。

どういう写真なら、人目を引いてかつ燈子先輩の魅力を引き出せるのか。

俺の頭の中では漠然とだが答えはある。

燈子先輩の最大の魅力は、周囲のイメージと違って普段の何気ない仕草や表情だ。

ふとした表情、ちょっとした仕草が、彼女の美貌とのギャップもあって可愛《かわい》く感じる。

だがそれを写真や動画で表すとなると……

俺は何となく机の上に視線を向けた。

そこには燈子先輩と『房総一周の模擬デート』に行った時の写真を飾ってある。

何気なく笑う燈子先輩。ソフトクリームを食べて満足そうな表情。

……あの模擬デートは楽しかったよな……

その時、突然に頭にある考えが閃《ひらめ》いた。

「そうだ！　これで行こう！」

俺は思わずそう口に出していた。

翌日の四限終了後、小さい空き教室に向かう。

二十人ほどが入れるスペースで、教室というより会議室の方がイメージが近い。

俺と石田はそこで燈子先輩たちが来るのを待った。

俺たちが部屋に入って十分ほどで、一美さんを先頭に燈子先輩、美奈さん、まなみさんが入って来る。

「あ、待たせちゃったか？」

一美さんは入って来るなりそう言うと、そのまま席についた。

後に続いて左から順に燈子先輩、美奈さん、まなみさんが座る。

俺は燈子先輩の正面、石田が美奈さんの正面だ。

「いや、俺たちもさっき来た所です」

「それで、一色《いっしき》君たちが話したい議題って何だ？」

俺は事前にグループメッセージで「明日、最初に相談したい議題があります」と送っていたのだ。

「まずコレを見て下さい」

俺はノートPCにグラフを表示して、彼女たちに見せる。

「これはミス・ミューズの候補者のフォロワーの増加数をグラフにしたものです。見ての通り燈子先輩は現在三位ですが、この一か月で一位の竜胆朱音《りんどうあかね》、二位のカレンとの差は埋まっていません。ここ直近の一週間だけで見れば、むしろ僅かですが差が開いています。さらには四位以下の候補者との差も縮まっています。正直、この点には強い不安を感じているんです。フォロワー数は得票数と比例するって言いますから」

四人とも真剣な顔つきでモニターを見つめている。

「今のPR戦略も『カッコイイ燈子先輩を見せる』という点ではいいと思っています。だけどそれだけが『燈子先輩の魅力の全てか』というと違う気がするんです」

俺はゆっくりと彼女たちの顔を見渡しながら、俺の感じる不安を述べて行った。

しかしそれを聞いた美奈さんは嫌そうな顔をする。

「またその話？　前に言ったけど、燈子らしさっていうのは『陰のミス城都大《じようとだい》』に相応《ふさわ》しいクール・ビューティじゃない。それを崩してまでやる必要はあるの？」

「燈子先輩の魅力の一つが『クール・ビューティ』である事は否定しません。だけどもっと素の表情、本来の燈子先輩らしい可愛さもあると思うんです」

それに石田が続いた。

「今のSNSの写真や動画は、どこかのアパレル・ブランドのサイトみたいなんですよ。燈子先輩よりも服を見せている、みたいな」

「そんなに私の写真が不満？」

美奈さんがさらに不服そうな顔をすると、「まあまあ」と言いながらまなみさんが宥《なだ》めた。

「一色君たちが言っている事も理解できなくはないけど……でも具体的にどんな写真にしたいのか解《わか》らないよ。何か例を挙げてくれない？　例えば他の候補者はどうしているのか、とか？」

俺は再びパソコンを操作した。

「例えばこれはカレンのリンスタグラムのページです。カレンは写真にストーリーを持たせているそうです」

その瞬間、燈子先輩の眉がピクッと跳ね上がったように思った。

だがすぐに元の平静な表情に戻る。

他の女子三人はモニターを覗《のぞ》き込んだ。

「ふ〜ん、カレン、こんな写真を載せているんだ？」

「ねぇ、この写真、少しだけど目と瞳を大きくしてるよね？　あの娘《こ》、こんな目じゃなかったもん」

「瞳は目と一緒に拡大されているだけじゃないですか？」

俺が尋ねると美奈さんが首を振った。

「違う違う、瞳も大きくするんだよ。黒目が大きい方が可愛く見えるの。これは画像を修正しているんじゃなくておそらくカラコンだね」

「瞳の色もちょっと薄茶色に寄せてるしね」

ＳＮＳの写真って色々なテクがあるんだなぁ。

でもそれを一発で見抜く女子の眼力も凄《すご》いわ。

画面をスクロールさせていた美奈さんが素っ頓狂な声を上げた。

「なにコレ。カレン、こんな写真を上げてるの？　下着が見えているじゃない」

やっぱりそこに目が行ったか。

「コッチはワザと谷間を見せてるよ。うっわ〜、ヤラシィ、あの娘らしいわ」

まなみさんも同様に嫌そうな顔をする。

「カレンはこういう写真を入れるのも、男子学生の目を引き付けるためだって言ってました。これでフォロワーは毎日カレンのSNSをチェックするんだと」

するとー美さんがジロッと俺を見る。

「一色君は、コレを燈子にヤレって言っているのか？」

「違いますよ。こんな事、燈子先輩にやらせる訳ないじゃないですか！」

俺は即座に否定した。

「俺が言いたいのは『もっと男子学生にもウケるような写真にしよう』って事です」

それを聞いて美奈さんが顔を上げた。

「だけどさ、ウチの大学は女子の方が多いんだよ。男子のウケを狙うより、女子ウケを狙う方が当然じゃない？」

……うまく誘導にかかってくれた……

俺は内心、ニヤリとした。

美奈さんたちからこの質問が出る事は想定済みだ。

「確かに美奈さんの言う通りです。ウチの大学は総合大学には珍しく、男子より女子の方が多い。男女比は四十五対五十五です」

俺はそこで言葉を切って、四人を見回した。

「でも俺が聞いた話ですと、女子学生の四人に一人は『あらゆる形のミスコンに反対』と言っているそうです。こうなると最初から票の中には入らない女子がいる事になります」

俺は素早くホワイドボードに式を書く。『55×0.75＝41.25』と。

「つまり得票数で考えると『男子45に対して、女子は41程度しかない』という事になります。よって『女子学生の数が多いから、女子向けに注力すべき』という前提も見直した方がいいんじゃないでしょうか？」

俺は式をペンで指しながら、再び彼女たちに同意を求めるように顔を見渡す。

一美さん・美奈さん・まなみさんが押し黙った。

自慢げに言っているが、これはただのディベート術だ。

実際の所は男女共にミスコンに投票しない人はいるだろう。

だから実際の票がどうなるかなんて分からない。

だがこうして数字を挙げて論理を組み立てていくと、人は中々反論しづらい。

しかも数字自体にはキチンとした根拠がある。

相手が反対の場合は、この数字を打ち負かす根拠と論理が必要だ。

さらに一美さんも美奈さんも経済学部だ。数字での理屈は伝わりやすいだろう。

「男子受けも必要って事は解ったわ。それでトップの竜胆朱音のSNSはどうなっているの？」

美奈さんの疑問は当然だ。その点もちゃんと調べてある。

「竜胆朱音はカレンほど男の目を意識はしていないですね。しかし逆に堂々と下着姿や水着写真も出しています」

俺はパソコンを操作して竜胆朱音のリンスタのページを表示した。

「本当だ。なんの躊躇《ためら》いもなく下着姿を出しているね」

「こうして堂々と出すと、女性雑誌の下着CMみたいだもんね。逆にイヤらしさが無いんだね」

美奈さんとまなみさんの言葉に俺が頷《うなず》く。

「ええ、実際に竜胆朱音は水着や下着メーカーとタイアップしているみたいです。製品に対するコメントも載せているし、メーカーの商品ページへのリンクも付けています」

「わ、私は絶対に嫌だからね！　下着姿なんて！」

それまで黙っていた燈子先輩が慌てて口を挟む。

「解っています。燈子先輩の下着姿なんて絶対に出しませんよ！」

そういう姿は俺一人が楽しみたい。

美奈さんたちがSNSを一通り見終わるのを待って、俺は次の発言をする。

「竜胆朱音はカレンほど男子学生の目を意識していません。でもそれは竜胆が『二年連続のミス城都大である』という肩書があるからです。最初から彼女は注目されるのでフォロワーも集まりやすい。新入生もチェックするはずです。それでも竜胆朱音も、写真や投稿に連続してストーリーやテーマを持たせているのはカレンと同じです」

まなみさんが俺を見た。

「それで一色君は、燈子のSNSをどうしたいの？　さっきからストーリー性を重視してるみたいだけど」

……やっとここまで持って来れたか。

俺は石田を見た。石田も頷く。『予定通りOK』という意味だ。

「案はいくつかありますが、まずは第一弾として『燈子先輩と一日デート』をテーマに写真をアップしていきたいと思います」

「『一日デート⁉』」

美奈さんとまなみさんが同時に声を出す。

俺はチラッと燈子先輩を見た。燈子先輩も目を丸くしている。

きっと俺と同じで、あの『房総一周の模擬デート』を思い出してくれているだろう。

あの雰囲気をSNSで再現するのだ。

「それって具体的にはどんな感じなのよ」と美奈さん。

「そうですね。まずは駅の写真で『おはよう』から始まって、教室で『授業を聞いている姿』とか、学食で『一緒に食事をしている燈子先輩』とか」

石田が続ける。

「『学校帰りにカフェに立ち寄る』とか『カラオケで歌っている燈子先輩』なんかもいい

んじゃないですか？」

「私、カラオケを歌うの？」

燈子先輩が驚いたように反応する。

「写真を撮るだけっす。別に本当に歌ってもいいんですけど」と石田が答えた。

「でもさぁ、本当にそんなので注目を集められるのかな」

美奈さんが疑問を呈する。

「今だからこそ集められると思いますよ。今までのままだと男子は燈子先輩に親近感を感じにくいでしょう。でもここでクール系美女が可愛《かわい》い姿を見せたら？　それも普段の生活のなかで。男はグッと来ますよ。ここで今までの美奈さんの蓄積が活《い》きるんです！」

俺は軽く美奈さんを持ち上げた。ここで寄り添っておけば彼女も賛成しやすいだろう。

「優の言う通りですよ。クール美人がちょっとポンコツって萌《も》えるじゃないですか」

石田の言葉に、また燈子先輩が反応した。

「ちょっと！　ポンコツって何よ！　私のそんな変な所を撮ってネットで流すの？」

急いで俺が代わりに弁解する。

「いやいや、石田はそんな意味で言ったんじゃないです。ちょっと可愛い失敗、という程度です」

それで燈子先輩も納得してくれたようだが、まだ石田を不審そうに見ている。

たまに石田もKYな発言が出るからな。危ない、危ない。

そんな燈子先輩に美奈さんが問いかけた。

「燈子はどう思う？　最後は燈子の判断になると思うんだけど」

そう尋ねられて燈子先輩は不安げな顔を見せた。

「え、私は今のままでも別にイイと思うんだけど……」

……美奈さん、そこで燈子先輩に聞くのは反則でしょ……

燈子先輩はしっかりしているが、友達への気配りは忘れない。

ここで燈子先輩が「俺の案がイイ」と言ったら、今までの美奈さんの働きがダメだと言っているようなものだ。

燈子先輩はそんな事は絶対に言わないだろう。

たとえ本心は「もっと可愛い感じの写真にしたい」と思っていても……

ここは俺が助け船を出す所だ。

「美奈さん。燈子先輩は美奈さんの写真がイイと思ってますよ。だから今まで不満なんて一言も口にしてないですよね？　でも俺はそうではなく『もっと別の視点、男子学生を意識した写真』にしたいと提案しているんです。カッコ良さとギャップのある可愛さのね」

みんなが沈黙しつつも雰囲気が変わった。どうやら俺の説得は功を奏したらしい。

燈子先輩がホッとした表情をした。

しばらくして一美さんが口を開く。

「一色君、熱の入ったプレゼンをありがとう。確かに君の言う事にも一理ある」

俺もホッとした。これで方針転換が出来るだろう。

だが一美さんの出した答えは違った。

「とは言え、今までの路線も失敗だった訳じゃない。ちゃんと結果は出してるからね。そこでどうだろう。これからは今までの美奈の路線プラス、一色君の言ったストーリー性のある写真も上げていくっていうのは？　どちらもハッシュタグを付けて、分かりやすくすればいい。ストーリー性のある方は一色君と石田君に任せよう。それでいいかな？」

「俺は異論ありません」

そう答えた。そういう二刀流の路線で行く方がいいと、俺自身も考えていた。

「そうだね。その方が男女両方にアピールできるかもしれないし」と美奈さん。

「一色君の言う『物語がある』っていうのも面白そうだしね」とまなみさん。

「ま～かせて下さい！　もう萌《も》えっ萌えに萌えちゃう写真とストーリーを考えますよ！」

石田がノリノリで楽しそうに言う。

それを聞いた燈子先輩がポツリと言った。

「石田君が言うと、不安しか感じないんだけど……」

こうして『SNSで可愛い燈子先輩を披露する作戦』の許可を貰《もら》った俺と石田は、早速撮影に取り掛かる事にした。

まずは『燈子先輩と一日イメージ・デート』プランだ。

既にシナリオは考えてある。

そして……俺にはもう一つ、撮影前にやらねばならない事がある。

撮影の前夜、俺は石田に電話を掛けた。

「悪いけど明日の撮影は俺だけにしてくれ」

「ハッ？　なんでだ？　二人で撮影する方がシャッターチャンスも多いし、アングルだっていい方を選べるだろう」

石田、オマエの言う事は正しい。

だが俺は燈子先輩と二人っきりになれるチャンスを、逃したくないんだ。

たとえこれで裏切者と呼ばれようと……

「燈子先輩も二人からカメラを向けられていると緊張するだろう。けっこうシャイだからな。まずは俺一人の方がいいと思うんだ」

俺は事前に用意していた言い訳をスラスラと述べた。

「と言うのはタテマエだよな。実の所は燈子先輩と二人っきりになりたいから、俺が邪魔だって事だろ？」

ぐっ……やはり見抜かれていたか……

「しゃーねーな。これは貸しにしとくか。その代わりインドカレーとラーメンの両方奢《おご》りな」

石田は大学近くの人気のある本場インドカレーと、ショウガがビリッと効いた有名なラーメン店の名前を上げた。

だが燈子先輩と二人だけになれる時間と比べれば安い物だ。

「じゃ、明日は頑張って来いよ」

石田がそう言って電話を切る。

サンキュー、石田！

これで一つミッションはクリアだ。

そんな訳で俺は今日ほぼ一日、燈子先輩と一緒にいる事になった。

まずは朝。恋人同士という設定なので「二人で一緒に学校に行く」という場面からだ。

俺は最寄り駅である幕張《まくはり》駅から電車に乗り、一度船橋《ふなばし》駅で降りる。

最初は俺が燈子先輩の最寄り駅である新検見川《しんけみがわ》駅に行こうと思ったのだが、それは燈子先輩が反対した。

「一色君が新検見川まで来たら、大学とは逆方向になっちゃうじゃない。わざわざそこまですする必要はないよ」

「大丈夫ですよ。たったの一駅ですから」

「ううん。それにトリッターやリンスタグラムに写真を上げるっていう事は、それを見た人に私の最寄り駅が解《わか》っちゃうって事でしょ。誰が見ているか分からないのに、それはちょっと嫌だな」

燈子先輩はそう不安そうに言った。

俺も言われて気が付いた。

と言うかこんな事、宣伝担当なら言われる前に気が付くべきだった。

誰だって自分の個人情報が意図せずに漏れるなんて、嫌だし不安になるに決まっている。

ましてや燈子先輩は女性だ。個人情報には最大限の注意を払うべきだろう。

大学名はオープンになっているので、降りる駅は仕方がないかもしれないが、自宅バレするような事は慎まなければならない。

「すみません。配慮が足りませんでした。じゃあ『朝の一緒に登校写真』は止《や》めますか」

「別に止める必要はないよ。違う駅で撮ればいいんじゃない？　例えば途中駅で人の乗り降りが多い駅とか」

「そうですね。それじゃあ船橋駅あたりでどうでしょうか？　あそこなら他の路線との中継駅になっていますし」

「そうだね。それじゃあ明日の朝、船橋駅の各駅停車ホームの一番前で」

そんな訳で撮影場所は途中駅である船橋にしたのだ。

ホームの上り電車側の一番前に行くと、既に燈子先輩は待っていた。

朝日の中で静かに立っている燈子先輩。

その長い髪が風に静かに揺れていて……俺を待ってくれている。

俺はしばらく、その姿に見惚《みと》れてしまっていた。

高校時代、彼女の姿を見かけた時と同じように。

「おはよう、一色君」

数秒後、俺に気づいた燈子先輩の方から笑顔で声を掛けてくれた。

「お、おはようございます。燈子先輩」

俺は現実に戻って、あわてて挨拶を返す。

「どうしたの？　何か考え事をしていたみたいだけど」

「い、いえ別に。それよりすみません。待たせちゃったみたいで」

一応俺も約束の五分前に着くように来たんだが。

「平気だよ。私も一本前の電車で着いた所だから。そんなに待ってない」

そう笑顔で答えてくれる。

あ〜、朝から憧れの先輩と笑顔で待ち合わせ。

なんか幸せを感じる。

「それで、どこで写真を撮るの？　けっこう人目があると思うんだけど？」

燈子先輩はそう言ってサッと周囲を見た。

ホームの一番前なので人は少なめだが、写真なんて撮っていたら人目に付くだろう。

「そうですね。電車が行った後なら人が少ないから、その時に素早く撮っちゃいましょう」

構図は予《あらかじ》め考えてあったのだが、さっきの燈子先輩の姿を見て、別の写真を撮ろうと思いついた。

「解った。それでどうすればいいのかな？」

「さっき、待っていた時と同じように立っていて下さい」

「えっ、それだけ？」

燈子先輩が意外そうに俺を見る。

「ええ、ごく普通に前を向いて。それでその次の写真は、俺の方を見て軽く手を上げて挨拶している感じをお願いします」

「りょ〜かい！　こうでいいのかな？」

燈子先輩は先ほどと同じように、前を向いて立った。

写真では横からのアングルになる。

静かに何かを考えているように俯《うつむ》いて、誰かを待っている燈子先輩。

長い黒髪が朝日に輝きながら、風に吹かれている。

俺は素早くその様子を五枚ほど写真に撮った。

「じゃあ次はこっちを見て、挨拶する感じで」

燈子先輩が笑顔で俺の方を見て、小さく胸元で右手を上げる。

さっき俺に話しかけてくれた状況の再現だ。

俺はその様子も五枚ほど写真に撮った。

うん、イメージ通りだ。

最初の写真と二枚目の写真を並べて出せば、この雰囲気も伝わるだろう。

タイトルは『おはよう、一緒に登校しようね』でいいかな。


俺と燈子先輩は大学のある駅で降りる。

構内に入ると燈子先輩はまずコンビニに立ち寄り、コーヒーマシンでカフェラテを買う。

「いつもここでコーヒーを買うんですか？」

「そうだね。朝は眠気覚ましと言うか、一日の始まりの儀式って感じで、コーヒーを買う場合が多いかな」

カフェラテが入ったカップに蓋を取り付けながら、燈子先輩はそう答えた。

「それじゃあこのシーンも写真に撮りますんで」

「こんな何でもない所を撮るの？」

「ええ、これが燈子先輩の普通の一日なら」

「そうなの？　ま、いっか」

燈子先輩が顔の横にカフェラテのカップを持って笑顔を作る。

いかにも『一日の始まり』らしい写真になった。

それから一限目の教室に入る。

写真を撮るため早めに来たので、教室内に人はまばらだった。

科目は『フランス語』だ。

燈子先輩は第二外国語を二つ取っている。

中国語とフランス語だ。

ウチの大学は語学にはかなり力を入れている。よって外国語講座は豊富だ。

さらに燈子先輩は「語学力だけはいくらあってもいい。コミュニケーションの基本は語学だから」という事で、可能な限りの語学を習得しようとしているらしい。

英語だけでもヒィヒィ言っている俺には、人間離れしているように感じる。

俺は燈子先輩の隣に座ると、さっそくスマホのカメラを起動した。

「それじゃあ燈子先輩、俺に向かって何か話しかけているポーズをとって貰えませんか？」

「う〜ん、話しかけるって、どんな感じのこと？」

「恋人同士ですから『今日も一緒に授業を受けようね』とか『課題はやってきた？』とか、そんな感じでしょうか？」

「そ、そんな事を言っている感じでいいのね。別に口には出さなくていいんでしょ」

燈子先輩が若干赤い顔をする。

いや、そんな風にされると、俺も照れてしまうんだけど。

「はい、写真なんでセリフまでは要りませんから」

燈子先輩は教科書を広げ、机に両肘をついたポーズで俺に笑顔を向ける。

そんな様子をカメラに何枚か収めた。

「あ〜恥ずかし」

燈子先輩が赤い顔をして手のひらでパタパタと仰ぐ。

撮影後も出ていく様子の無い俺に、燈子先輩は眉をひそめた。

「一色君は一限の授業は出なくていいの？」

「俺はまだこの時間の授業は登録していないんで大丈夫です」

「ソレは大丈夫って言わないでしょ」

燈子先輩が眉根を寄せる。

「最初の授業はガイダンスっぽい説明もするし。ちゃんと出ておかないと、後で困る事になるかもよ。二年は二年で授業がビッチリあるんだから。たった一コマのために留年する事だってあるんだし」

そんな風に心配してくれる燈子先輩の表情もいいな。

「ハイ、わかりました。ところで今の表情で一枚写真を撮らせてもらえませんか？」

「えっ、今の？」

「はい、燈子先輩がそう言って注意してくれている所も、なんかいいなと思って」

「まったく……私の注意を聞いてた？」

そんな呆《あき》れた様子で説教する燈子先輩をパチリ。

その後に真剣に授業を受けている様子も写真に収める。

授業が終わって俺は立ちあがった。

「じゃあ次は第一学生食堂で」

二限は俺も必修科目が入っているから、ソッチに出なければならない。

「解った。じゃあ早い方が先に席を取っておこうね」

燈子先輩はそう言って笑顔で小さく右手を振る。

あ〜、とっても幸せな気分だ。初めて燈子先輩と一緒に受けた授業。

俺ももう一年早く生まれていたらなぁ、いつもこんな気分が味わえたのに。

二限が終わって俺は学食にダッシュした。

講師がギリギリまで授業をしていたので、もしかしたら撮影に具合のいい席は取れないかもしれない。

そう心配したが、既に燈子先輩が先に居た。

しかも『恋人たちご用達《ようたし》』の窓際円形テーブルの席を取っておいてくれている。

「すみません、遅くなりました」

走って来た俺を見て、燈子先輩が笑う。

「別にいいよ。そんなに急がなくても。私の授業がたまたま早く終わっただけだから。それより料理を取ってきたら？」

既に燈子先輩は料理も手元にある。

サンドイッチとサラダとコーヒーだ。

「写真を撮るんでしょ？　手を付けないで待ってるから」

「すみません、すぐに取って来ます！」

俺はまたもやダッシュでカウンターに向かい、唐揚げ定食をチョイスする。

席に戻ってスマホを構える前に燈子先輩に尋ねる。

「確か今日は四限まであるって言ってましたよね？　サンドイッチだけで持つんですか？」

「だって写真を撮るのに、そんなにガッツリとか頼めないよ。大食い女って思われちゃう」

「そんなことぐらいで変に思うヤツは少ないと思いますよ。最近はテレビでアイドルの大食いだってあるし」

「そうは言っても、やっぱり嫌だよ。それに写真を撮るのに口元が汚れるカレーや丼物、パスタなんかも選べないでしょ。麺類を啜《すす》っている訳にもいかないし」

「なんか、けっこう負担を掛けちゃってますね。軽い気持ちで『模擬デート風写真』なんて言っちゃったけど、迷惑でした？」

しかし燈子先輩は首を左右に振った。

「ううん、そんなことないよ。そもそもミス・ミューズに出るって言ったのは私自身だし。それにね……」

燈子先輩が一度言葉を区切って俺を見た。

「本当は一色君が『普段の私を撮りたい』って言ってくれて嬉《うれ》しかったんだ。私もファッション雑誌みたいな写真ばかりは寂しいかな、って思っていたから」

「あの場では美奈さんの圧力が凄《すご》かったですもんね」

「別に美奈の写真が嫌だった訳じゃないの。でも『私の可愛《かわい》い写真を撮る』って一色君が言ってくれて……一色君なら任せられるかなって……」

なんか、そんな事を言われると、俺としても緊張してしまう。

思わず二人して黙ってしまった。

だがすぐに燈子先輩が口を開く。

「じゃあ私、食べてもいいかな？」

「あ、ちょっと待ってください。まずは手のついてない状態でサンドイッチと燈子先輩を撮りますから」

燈子先輩がサンドイッチのプレートを紹介するように手を広げるポーズで一枚。

次にサンドイッチを一つ手に取って、小さく口に咥《くわ》えた所で一枚。

そんな何気ない仕草が、とても可愛らしく感じた。

予定していた『昼食中の写真』は撮ったが、まだシャッターチャンスがあるかもしれない。

それを逃すまいと俺は急いで自分の食事を平らげた。

ふと気がつくと、そんな俺の様子を燈子先輩がジッと見つめている。

……ヤバ、ガッツイて食べ過ぎたかな。もしかして食事中に音を立てていたとか……

「すみません。食べ方、見苦しかったですか？」

俺が怖々そう尋ねると、燈子先輩は首を左右に振った。

「ううん、そんな事ないよ。やっぱり『男の子なんだなぁ』って思って。元気よく美味《おい》しそうに食べるなって」

俺が少し恥ずかしくなって下を向くと、

「私はそういう人の方が好きだな」

そう言って優しい笑顔で俺を見つめた。

四限が終わり、俺は燈子先輩と理工学部校舎の前で待ち合わせた。

勿論《もちろん》『大学が終わって二人でデート』という写真を撮るためだ。

「どこに行くの？」

「今日は原宿にしようと思います」

実は場所の選定はけっこう迷ったのだ。

渋谷、新宿、六本木、銀座……

だが『女の子らしい可愛さ』という事で原宿にした。

俺自身はあまり原宿には行った事がないのだが。

とりあえず『女の子と原宿でスイーツを食べる』ってデートっぽいんじゃないかと考えた。

店はいくつかのネットでも紹介されている有名店だけあって、けっこう混んでいた。

狙いは『ザクザクした触感の棒状のシュークリーム』と『キャラメルチョコでコーティングされたソフトクリーム』だ。

両方を手にする燈子先輩も嬉しそうだ。

「う〜ん、これだけカロリーを摂取するって罪悪感あるけど。でもやっぱり嬉しくなっちゃうのよね」

そう満足そうに微笑《ほほえ》む。

やっぱり女の子ってスイーツが大好きなんだな。

「そうだ。前みたいに半分ずつ食べようよ。そうすればカロリーは半分で味は二倍楽しめるから」

そう言って俺に棒状のシュークリームを差し出す。

その仕草がまた可愛かった。

「今のポーズ、もう一回やって貰《もら》えますか？　写真に撮りたいです」

「えっ？」

燈子先輩は少し驚いたような顔をしたが、恥ずかしさと悪戯《いたずら》っぽさが半々の笑顔で言った。

「いいよ。その代わり、君もちゃんと一口食べるんだよ。私がその後に食べるから……」

そうして『俺に棒状シュークリームを差し出す燈子先輩』と『俺が一口食べたシュークリームを食べようとする燈子先輩』の二枚の写真を取った。

……二度目の間接キス、いただきだな……

俺はそんな事を思っていた。

でも女の子が食べようとするシーンって、なんかエッチっぽい感じがするの、俺だけかな？

また燈子先輩が俺の顔をじっと見つめた。

なんだろう……そう思っていたら、

「一色君、口の横にクリームつけてるよ」

そう言ってバッグからティッシュを一枚取り出すと、優しく拭ってくれる。

「あ、ありがとうございます」

嬉しいような、恥ずかしいような……

「ふふっ、弟が出来たみたい」

そう言って燈子先輩は笑った。

えっ、俺、弟ポジションなの？


その夜、俺は帰ってから早速、その日に撮った燈子先輩の写真をリンスタとトリッターにアップした。

ハッシュタグは色々迷ったが、結局は『桜島《さくらじま》燈子の、とある一日』と無難に落ち着いた。初《しょ》っ端《ぱな》からぶっ飛んだタグをつけるのは危険だと思ったからだ。

一枚目は駅での写真で、タイトルは『おはよう、一緒に登校しようね』だ。

二枚目は、朝にコンビニでカフェラテを買った所。シンプルに『朝の定番で眠気覚まし』とコメントを書く。

三枚目は、教室に入って燈子先輩が俺に話しかけてくれた写真だ。コメントは『授業の予習はちゃんとした？』

四枚目は学食のシーンだ。『夕方の楽しみがあるから、お昼は軽めに』とコメント。

五枚目と六枚目は原宿でスイーツを食べるシーンだ。

最初が『棒状シュークリームを燈子先輩が差し出す写真』でコメントは『話題のお店に行きました。一緒に食べよ！』。

六枚目が『俺が一口食べた後を燈子先輩が食べるシーン』でコメントが『とっても美味しい！　二口目』と付けた。

本当は『君と間接キッスで』とコメントしようかと思ったが、やっぱり冒険すぎると思って考え直した。

それにこの写真にはどこかエロティシズムを感じるんだよな。

リンスタに上げた写真を見ながら今日一日の燈子先輩の様子を思い出す。

あ〜、もし燈子先輩と付き合ったら、毎日がこんな感じなのかな。

そんな感傷にふけっていたら、ＳＮＳを見た石田が連絡をよこした。

「第一弾の写真、公開したんだな」

「ああ、さっきアップしたばかりだけどな」

「いいんじゃないか？　燈子先輩が可愛く撮れているだけじゃなくて、表情が生き生きしてるよ」

「そう言って貰えるとホッとするよ。いくら俺に自信があっても、所詮は個人の感想に過いている」
「そうだな。まだ写真を上げて十五分も経《た》っていないのに、もう『いいね』が二十以上つ
「実際に成果は出ているだろう。どんどん『いいね』も増えているし」
ぎないからな」

「これなら美奈さんたちも納得するんじゃないか？」

　実際、その通りになった。

　それまで四週間くらいで増えたフォロワーは千程度だったが、新しい写真をアップしてからたったの三日で三百も増えている。

　同じ期間で竜胆朱音とカレンは百も増えていない。

　その結果を見て、一美さんが言った。

「うん、出だしはかなり順調そうだね。それじゃあこの先も一色君は『燈子の可愛らしさを見せる』という方向性で進めてくれ。あと写真だけじゃなくて動画の方も同じ方向性で頼むよ。もちろん協力はアタシたちもする」

　これで正式に俺のプランも承認されたという事だ。

　その日から俺は『燈子先輩の魅力をどう見せるか？』を考える事に没頭していた。

　しかしその裏で少しずつ不穏な影が生じ始めている事に、この時の俺は気づいていなかった。

六　燈子先輩、意外に楽しんでません？

俺たちが提案した『可愛い燈子《とうこ》先輩を見せる企画』は非常に順調だった。

実行してから一週間で既に燈子先輩のフォロワーは五〇〇〇に増えている。

対して竜胆朱音《りんどうあかね》が七五〇〇未満、カレンが五五〇〇だから確実に差が縮まっている。

そして俺たちの活動は、別の面でもいい影響を及ぼした。

俺たちの好調を見て、美奈《みな》さんたちも発奮したのだ。

美奈さんも本来、負けん気が強いタイプだ。

（そうでなきゃサークルの中心人物なんてなれない）

そんな彼女は俺たちの成果を見て「自分もこのままではいられない！」と思ったのだろう。

写真にも様々な工夫を取り入れ、燈子先輩の別の魅力を引き出していた。

今までは『大人っぽいエレガントな写真』が多かったのに対し、野外で撮影する『明るく女性らしい写真』も増えている。

『大学デビュー』を意識している新入生女子には、コッチの方が興味を惹《ひ》かれるだろう。

だがここで俺たちは壁にぶつかっていた。

『新しいアイデア』が思い浮かばないのだ。

俺たちの写真や動画は、基本的にテーマやストーリーを決めて撮影している。

よって毎回『新しいアイデア』を考えなければならない。

これが企画モノのツラい所だ。

その日も俺は、石田《いしだ》と一緒に学食で『新しいアイデア』に頭を悩ませていた。

「石田〜、なんかイイ案ない？」

「優《ゆう》〜、面白い企画ない？」

さっきから二人して、同じ言葉を繰り返している。

俺は目の前のA４用紙の紙を改めて見直す。

そこには今までにやった企画が乱雑に書き出されている。

「『燈子先輩の一日』は大学編と休日編、『イメージ・デート』は二回、『お買い物編』に『大学案内編』、けっこうやったよな」

石田も疲れたような顔で頷《うなず》く。

「もうアイデアも出尽くした感があるよな。『大学案内編』なんて、ただの大学宣伝動画だもんな」

「他の候補者もそれくらいはやっているしな」

「カレンちゃんが『チョイ見せのラッキーH写真』に走るのも解《わか》るよ。その手の写真なら飽きられる事はないし、そんなに工夫をしなくても注目を集める事が出来るもんな」

「それだけは絶対ダメだ。燈子先輩だってやる訳がない」

そうして俺と石田は「はぁ〜」と同時にタメ息をついた。

しばらくの沈黙の後、石田がガバッと上体を起こした。

「優、もうこうなったら覚悟を決めよう！」

「なんだよ、覚悟って。言っておくがHっぽい写真はダメだぞ」

俺は顔を上げながら釘《くぎ》を刺した。

「解ってる。だけどコスプレはHな写真には入らないだろ？」

「コスプレか……」

俺はそう呟《つぶや》いた。

実は俺もコスプレは考えていた。カレンも以前に「コスプレとかも取り入れようかと思っている」と言っていたのだ。

確かに石田の言う通り、コスプレ自体は別にHな写真でも何でもない。

コスプレの一部に際どい写真があるだけだ。

とは言うものの、燈子先輩がそれを受け入れるかは別の話だ。

一美《かずみ》さんだって反対するだろう。

「説得は難しいと思うんだがな」

しかし石田は強硬に主張した。

「いや、今こそコスプレをやる時だ。優、やる前から諦めていたら、そこで試合終了だ！」

あるスポーツマンガの名文句だが、コスプレでそれを使われたら原作者は泣くんじゃないか、石田？

「「「え〜、コスプレ？」」」

それを聞いた燈子先輩、一美さん、美奈さん、まなみさんが一様に同じ反応を示した。

「そうです。コスプレは自由な発想の世界、燈子先輩の魅力ももっと広がります！」

石田が熱弁を振るった。

「しかしな、コスプレってミス・ミューズのコンセプトに合うのか？」

一美さんが首を傾《かし》げる。

おや、思ったよりNGな反応じゃないな。

「なります！　コスプレには女神やエルフなどのファンタジーの世界の住人も沢山います！　神話を元にしたミス・ミューズにはピッタリじゃないですか！」

かなり強引な展開だと思うが、ここまで言い切られてしまうと何故《なぜ》か説得力を感じる。

「でもコスプレってサブカル系だよね？　今まで築いてきた燈子の『クール・ビューティ』なイメージが壊れそうで心配だよ」

そう言った美奈さんに、石田は目を剝《む》いた。

「何を言っているんです！　モデルだってある意味コスプレみたいなものです。可愛《かわい》い女子大生のコスプレ、出来るOLのコスプレ、ウエディングドレスなんて完璧に花嫁のコスプレじゃないですか！　それに美奈さんが室内撮影で使っている撮影スタジオ、あれは元々はコスプレ用ですよ！」

「そ、それはそうだけど……」

石田の熱気に美奈さんが押されるように口ごもる。

それにしても石田、すごい熱の入りようだな。コスプレの話になると、こんなに力が入るのか？

「石田君の言いたい事は解ったよ。コスプレにそれなりの理由がある事も理解した。しかしな、コスプレは金がかかるだろう。サークルの予算から捻出するんだ。そんなに金がかかる事はできないぞ」

一美さんが右手を押《お》し留《とど》めるように上げて、冷静に意見する。

だがその準備はコッチもしている。俺が口を開いた。

「その点については大丈夫です。石田が既に知り合いのコスプレイヤーの何人かにコンタクトを取って、衣装や小物なんかは借りられるように手配しています」

「そうっす！　女神やエルフだけじゃなく、女騎士に女盗賊、ケモ耳娘にお嬢様学園の制服まで、何でも取り揃《そろ》えてみせます！」

石田が俺の言葉に被《かぶ》せるように言った。

アニメ・マンガに熱い石田だが、ここまで熱が入っているのは珍しい。

と言うか、俺もちょっと引いているぞ。

そして一美さんも美奈さんもまなみさんも、石田の熱に完全に圧倒されていた。

一美さんが燈子先輩を見る。

「どうする、燈子？　やるのは燈子だ。燈子が嫌じゃなければ、私は別にイイと思うんだが？」

「う、うん……」

燈子先輩は圧倒されていたんだろう。躊躇《ためら》うように口を開く。

「私も別に、変な衣装とかでなければ、やるのが嫌だって程じゃないけど……」

「ヨシ、それじゃあオッケーって事ですね！」

石田が断定するように言った。

「早速、衣装の手配とスタジオを押さえますから。連絡待っていてください！」

今すぐにでも動こうとする石田に、一美さんが最後の注意を与える。

「コスプレの案は事前にアタシたちに教えてくれ。現場でいきなり燈子に変な衣装とか出されても困るだろうからな。それからＳＮＳにアップする前に、アタシたちに写真と動画をチェックさせる事。撮影には出来るだけアタシも参加する」

石田の暴走を恐れたのか、そう釘を刺すのを忘れなかった。

その週の日曜日、俺・石田・燈子先輩・一美さんの四人で同じ千葉県の成田《なりた》市の隣町に来ていた。

そこには一軒丸ごとのレンタル撮影スペースがあるらしい。

メルヘンチックな室内撮影と、やはりメルヘンチックなガーデン撮影が出来ると言う。

俺たちは一美さんの運転する車でそのレンタル撮影スペースに向かった。

高速道路を降りて、雑木林と住宅が点在する畑の中を抜けていくと、目的地に到着する。

中に入ってみると「ここだけネズミの国か？」と思うような可愛いメルヘンチックなスタジオだった。

「千葉にもこんな所があったのね」

燈子先輩も感心したように言う。

「でもココ、高いんじゃないか？」

一美さんが心配そうに言うと、石田は自信タップリに答えた。

「ええ、高いです」

「予算内に収まるのか？　それを超える金額だったらサークルとしては出せないぞ」

それにも石田が自信を持って答えた。

「それも大丈夫です。今日は他に二つのコスプレイヤー・チームと一緒にここを借りていますから。俺たちが使えるのは一時間半ですけど、ギリ予算内に収まっています」

「そうか、それならいいが」

そう言いつつ一美さんは不安そうだ。

無理もない。サークル代表として、予算管理も任されている身だ。

いくら『燈子先輩がミス・ミューズに入りさえすれば、補助金が支給されるようになる』とは言え、今の段階で無節操に金を使う訳にはいかない。

「メイクアップ室に置いてある衣装ケースにある衣装だったら、自由に使っても構わないって言われてますから」

石田を先頭にメイクアップ室に入る。

トランクケースが二つと、衣装ケースが二つ置いてある。それ以外にもラックにいくつかの衣装が掛かっていた。

「で、今日はどの衣装にするんだ？」

俺が尋ねると、石田が二つの衣装ケースの蓋を開けた。

「とりあえず衣装を見てみようぜ。燈子先輩と一美さんも見て下さいよ。燈子先輩が『着たい』ってヤツを優先しますから」

俺たちは一つずつ衣装を取り出して、どれを着るか吟味する。

それにしても色々あるもんだなぁ。女神やエルフだけじゃない。女騎士、狩人《かりゅうど》、盗賊、村娘、お姫様のドレスなどの異世界衣装から、お嬢様学校の制服やセーラー服、メイド服、可愛いウェイトレス、テニスウェア、魔法少女、スパイ風の黒スーツなどの衣装もある。

「へぇ、こんなのもあるんだ？」

一美さんがそう言って取り上げたのは、近衛《このえ》騎士団の制服だ。派手な勲章や肩章まで付いている。上着が赤でズボンが青と色づかいもこれまた派手だ。ご丁寧に金の鎖まで付いている。

「それはいま流行《はや》りの女性向け異世界物の衣装っすね。そのキャラは女性なんだけど男装をして姫を守る百合《ゆり》物なんです」

「なるほど、確かに男性物にしてはサイズが少し小さいかもな」

「一美さん、着てみたらどうですか？　きっと似合いますよ」

「おおいいぞ。その代わり成敗される盗賊役は石田君と一色《いっしき》君だからな」

「えっ、俺まで役に入ってるんですか？　石田だけにしておいてくださいよ」

そんな冗談を言いながら衣装を見ていた俺たちだが、ふと気づくと燈子先輩はかなり真剣に衣装を選んでいた。

どうやら『昔ながらの黒いメイド服』と『いかにも今風な可愛い感じのメイド服（ミニスカート）』の二つで悩んでいるようだ。

「燈子先輩、その二つが気になるんですか？」

俺が声を掛けると、燈子先輩はハッとしたように顔を上げる。

「別に気になるってほどじゃ……ただ同じメイド服なのにずいぶんイメージが違うな、と思って」

すると石田が燈子先輩のそばに寄って、今風な可愛いメイド服を手にした。

「コッチにして下さい。もう片方は年配の婦長様用のメイド服です。コッチがアニメキャラのメイド服ですから」

そう言って可愛い方のメイド服をラックにかけた。

「え、でもそのメイド服、ちょっと胸元とか背中とか開きすぎてない？　スカート丈も短そうだし」

「それがイイんです。そんな喪服みたいなメイド服じゃ誰も萌《も》えませんよ！」

「そ、そうね」

石田のキッパリとした物言いに、燈子先輩も反論出来なかったようだ。

「あとコッチの女騎士、これは絶対にお薦めです！　ちゃんと聖剣も付いているんです。この聖剣は透明アクリル製で中にLEDが仕込まれているから、発光ギミックが使えるんですよ！」

「う、うん、それもいいね」

う〜ん、石田。それって完全にオマエの趣味で決めてないか？

「あと魔法少女は入れたいよな」

そう言って石田が衣装ケースの中を漁《あさ》りだす。もう完全に石田の世界だ。

すると石田が弾んだ声を上げた。

「おお、イイのがあるじゃないか！　コレはイイ！　これにしましょう、燈子先輩！」

石田が嬉々《きき》として取り出して見せたのは……

「「ヒョウ柄のビキニ⁉」」

思わず石田以外の三人から驚きの声が漏れた。

だが石田はそんな事は意に介さずに語り始める。

「コレはヒョウじゃないっす。アニメ『可愛いアニマル娘』に出て来る一番人気のサーバルキャットのサーバル美ちゃんです。ほら、この猫耳を見て下さい。普通の猫より大きいでしょ。これがサーバル美ちゃんの特徴なんです」

いや、そんな微妙な特徴、知らんがな。

ちなみにこの衣装は、ヒョウ柄ビキニ以外に大きな猫耳のカチューシャと猫手の手袋に、ビキニと同じ柄のブーツが付属していた。

「燈子先輩なら絶対に似合います！　自信を持ってお薦めします！　コレにしましょう！」

石田がグイグイ迫る。

燈子先輩は目を丸くしていた。

と、横から出て来た手が、そのヒョウ柄のビキニを奪い取った。一美さんだ。

「石田君、さっきから君の好みを押し付けてばかりで燈子の意見を聞いてないぞ！　こんなの燈子が着る訳ないじゃないか。もっとちゃんとしたヤツを選びなよ」

ちょっと一美さんの言葉がキツ目だ。

とは言うものの、俺もそのアニマル柄ビキニは反対だった。

燈子先輩のそんな姿を、多くの人の目に触れるネットなんかに載せられる訳がない。

「残念だなぁ。絶対、燈子先輩なら似合うのに……勿体《もったい》ない」

石田はブツブツ言いながら、他の衣装を探した。

結局、コスプレする衣装は『可愛い（ちょっと露出度が高い）メイド服』『ＬＥＤで発光する聖剣を持つ女騎士』『ブルーのボレロ風ジャケットと、白のふんわりと広がるロングワンピース』の三つになった。

背景には『ヨーロッパの街並み風』『南フランス・プロヴァンス風の白いリビング』『同じ白のベッドルーム』『ガーデン・スパ』『可愛い西洋風の裏庭』などでそれぞれの写真を撮る。

街角で佇《たたず》むポーズや誰かを待っているような物憂げな表情もあれば、家の入口で優雅に一礼するポーズや裏庭でティータイムを過ごすシーンなど。

ベッドに聖剣を置いて戦闘準備するシーンなどもある。

「燈子先輩、もうちょっと壁に寄りかかる感じで、顔はコッチを見て……そうそう、イイっすねぇ。その感じ！　あ、もう少し優しい笑顔にしてもらえますか？」

石田がまるでプロのカメラマンのように、そんな注文を出しながら写真を撮影していく。

石田、けっこう被写体を乗せるの上手《うま》いな。

モデルに対しての注文が的確だし、気持ちを盛り上げて行く声掛けも自然だ。

コイツ、こういうのきっと初めてじゃないんだろうな。

無事に撮影も終了して……

「ヨシ、完璧だ！」

石田が持って来た一眼レフのデジカメで画像を確認しながら、満足気に言う。

慣れない写真撮影で燈子先輩も疲れたのか、深い息を吐き出す。

「じゃあ着替えて来るね。使った服はクリーニングして返すんでしょ？　返す時は石田君に渡せばいいのかな？」

そう言って燈子先輩はメイクアップ室に向かった。

「それじゃあ俺たちは、今の内に片づけをしておこうか」

俺たちは使った備品などを元に戻し、簡単に掃除をして後片付けをする。

あんまりノンビリはしていられない。他のコスプレイヤーがやって来るかもしれない。

大方の片づけが済んだ後、一美さんが「燈子が戻って来るのが遅いな」と呟《つぶや》いた。

「アタシは車をスタジオの前まで持ってくるよ。石田君は持って来た機材や道具を運び出して。一色君は忘れ物がないかチェックして、ここで燈子を待っていてくれないかな？」

「了解っす！」

「わかりました」

石田と俺が答える。

石田はすぐさま持って来た荷物をスタジオの外に運び出した。

それにしても……確かに燈子先輩が戻って来るのが遅い。

着替え終わったら、使った衣装を持ってくるだけのはずなのに。

何か大事な物でも無くしたのか？

俺はメイクアップ室に向かった。

いきなりドアを開ける訳にもいかないので、ノックして「燈子先輩？」と呼びかけた。

返事がない。もう一度ノックして声を掛ける。やはり返事がない。

三回、ノックと呼びかけを行ったが、全く反応がない。

中に居ないのだろうか？　入れ違いで燈子先輩はスタジオを出て行ったとか？

俺はドアノブに手を掛けた。

鍵はかかっていない。どうやら既に燈子先輩は外に出たらしい。

一応、俺は中を確認しようと思ってドアを開いた。

すると……俺は信じられないシーンに出くわしてしまった。

なんと、燈子先輩が『サーバルキャットのビキニ』を身に着けて踊っていたのだ！

鏡の方を見ていたため、俺には気が付かない。

「と、燈子先輩……」

ドアが自然と閉まった。

燈子先輩はまだ気が付かない。

ポーズを取りながら踊っている。

そのダンスの中で俺の方を振り向いた時……

俺と目が合った。

燈子先輩の動きが止まる。いや、動きどころか表情も固まった。

その目が大きく見開かれる。

「ひゃ、ひゃぁぁ……」

燈子先輩はそんな悲鳴を上げて、身体《からだ》を隠すようにしゃがみこんだ。

「なにしてんですか？」

俺の声も動揺してかすれ気味だ。

「あ、あのっ、あのっ、これは違うの！　その、これは……他の衣装の一部なのかなって、間違えちゃって……」

「でもソレって、さっき石田が『アニマル娘』のキャラの衣装だって言ってましたよね？」

「え、ええええっ、そ、そうだったっけ？」

燈子先輩の目が泳ぐ。

「で、でもっ、これっ、ホラッ、他にも何か着られる事が……使える事があるから……あ、あると思って…………ある、かな？　…………無い、かも」

自分で言って、自分で否定してますけど？

「で、でも私、ネコ好きだから！　コレ着たらネコの気持ちが解《わか》る、解るかもって……解る、かな？……そんなはず、ないか……」

燈子先輩はしばらく目を伏せていたが、やがて観念したように顔を上げた。

「すみません。どんな感じか着てみたくなりました……」

まだ唖然《あぜん》としている俺。

そんな俺を見て燈子先輩は恥ずかしそうに赤い顔で猫手をして
「……にゃあ」

と猫真似《まね》をする。誤魔化《ごまか》しているつもりらしい。

俺は思わず吹き出した。

「笑わないで！　笑わないで！　恥ずかしい！　死にたい！」

「ごめんなさい。でも燈子先輩、なんで踊ってたんですか？」

「うわぁ〜！　言わないで！　言わないで！」

燈子先輩は子供みたいに叫ぶと、そのまま床の上にペタン座りをした。

燈子先輩は耳からワイヤレス・イヤホンを外すと、太腿《ふともも》の間に両手をつく。

「本当はこの『可愛《かわい》いアニマル娘』の衣装に興味があったの……。私もこのアニメ、何回か見ていてエンディングのダンスとか可愛いなって思っていたから……それでちょっとだけ着てみようと思って……着てみたらスマホにその曲があるのを思い出して、ちょっと聞いてみようかなって……で、ついでだから少し踊ってみたんだけど……」

燈子先輩、本当に意外と子供っぽい所があるんだよな。

そこが可愛いんだけど。

それに……

もう一度、俺は燈子先輩の『サーバルキャットのビキニ姿』を見つめる。

見事に盛り上がった白いバストを包むヒョウ柄のビキニトップス。

そして細く引き締まったウエスト。

その下のビキニボトムスからは、白く滑らかな太腿が見事な曲線を描いて……

思わず全体↓胸↓ウエスト↓腰↓太腿↓全体、とループして見回してしまう。

石田の言う通りだ。これは男なら誰もがグッと来るだろう。ＳＮＳには載せられないが。

エロくて可愛い、こういうのを『エロ可愛い』って言うんだろうな……

「大丈夫です。それにとっても似合っていますよ。凄《すご》く可愛いです」

「本当？」

「本当ですよ、記念に一枚写真を撮っていいですか？」

「え、絶対、ぜったいヤダッ！　一生の汚点だよ！」

「そんな事ないですよ。本当に凄く可愛いです。それに燈子先輩も少し興味があったんでしょ？　こんなの着られるチャンス、今しかないですから」

「……」

「大丈夫、リンスタには上げませんし、誰にも見せません。俺と燈子先輩だけの秘密です」

「ほ、本当に秘密にしてくれる？」

「はい、もちろんです」

「ほ、本当に私、可愛い？」

「絶対です！　命賭けて可愛いです！」

「じゃ、じゃあ、一色君も一緒に」

俺はスマホのカメラをセルフタイマーにセットすると、燈子先輩の隣に座った。

「一色君も、招き猫のポーズをやって！　私だけの恥ずかしい写真はイヤなんだから！」

俺は笑いながら、右手をグーで頭の横に持ち上げた。

燈子先輩が着替え終わるまで、俺はメイクアップ室の前で待った。

メイクアップ室を出ると、燈子先輩はまだ赤い顔をしている。

俺の顔を恥ずかしくて見れない、といった感じだ。

「あの……さっきの事、みんなには内緒にしてくれるよね」

「あ、はい、大丈夫ですよ。誰にも言いません」

「絶対、絶対、ぜぇ〜ったいに、誰にも言わないでね」

「大丈夫です。写真も俺だけの宝物ですから」

「……写真は、後で私にも……送っておいて」

思わず笑いが込み上げてしまった。ホント、燈子先輩って意外な所があるよな。

でもそれが俺的にすごくツボで、この上なく可愛いんだけど。

これらの『燈子先輩のコスプレ写真』は石田監修・一美さんチェックの元、ＳＮＳに公開された。

『清楚《せいそ》で才色兼備の知性派美人』と思われている燈子先輩なので、写真には凄く反響があった。

フォロワー数も一気に六二〇〇まで増えた。

竜胆朱音が七七〇〇でほとんど変わらないのに対し、かなりの増加だ。カレンと並ぶ。

……よし、この調子なら行ける。竜胆朱音も視野に入ったぞ。

俺はそうほくそ笑んだ。

その時、コメント欄の文字が目に飛び込んだ。

それは……
>燈子、調子に乗ってね？
という書き込みだった。

今まで燈子先輩に対してネガティブな書き込みはほとんどなかった。

だがこのコスプレ写真を上げてから、時折目にするようになったのだ。
>こんな写真を上げてまで、勝ち残りたいのかね。
>なにが『陰のミス城都大《じょうとだい》』だよ、ガッカリ。
……やはりアンチが増えて来たのか。

もちろん俺も、アンチが現れて来る事は予想していた。

人気が高くなればなるほど、人目に付けば付くほど、アンチが現れるのは避けられない。

だがこの時期のアンチの現れ方と、コメント欄で微妙に目に入るような書き込み方が気になる。

……悪い方向に行かなければいいけど……

俺の中で微妙な不安が広がっていった。

七　九人の女神

コスプレ企画は好評だった。

竜胆朱音《りんどうあかね》とのフォロワー数の差は大きく縮まり、カレンとはついに並ぶところまで来た。

だがカレンの方も、そんな燈子《とうこ》先輩の好調を黙って見てるほど甘くない。

カレンもコスプレ写真を上げて来たのだ。

（もっともコスプレのアイデア自体は、カレンの方が先に口にしていたが）

しかもカレンのコスプレは、もっと露出度が高く、もっと際どかった。

『あなたのペットシリーズ』では、ネコ・子犬・ウサギ・子鹿など、様々なアニマル柄の際どい衣装のコスプレをしていたのだ。

それを見た石田《いしだ》が言った。

「なあ、優《ゆう》。やっぱり燈子先輩にも、もう少し肌見せのあるコスプレをやって貰《もら》った方がいいんじゃないか？」

「それはダメだって言ったろ。一美《かずみ》さんが許さないだろうし、何より燈子先輩がＯＫするとは思えない」

俺は『二人だけの秘密』である『燈子先輩のサーバルキャット・ビキニ』を思い出しながら、口先ではそう言った。

「本当にそうかな？」

石田が考えるように呟《つぶや》く。

な、なんだ。まさか石田は何かに気づいているのか？

「どういう事だ？　何か気になる事でもあるのか？」

俺が平静を装って尋ねると、石田が声を潜めて言った。

「いや、実はさ、この前の使用したコスプレ衣装の中に『可愛いアニマル娘』の『サーバル美ちゃん』の衣装があったんだよ」

俺の脳裏に電流が走った！

……抜かった、盲点だった……

その盲点を石田が指摘する。

「ホラ、『使用した衣装はクリーニングして返す』って話しただろ。後日、燈子先輩から送られてきた衣装の中に、あのサーバル美ちゃんのビキニ・セットがあったんだ。という事は、燈子先輩はあの衣装を着たんだよな？　つまり燈子先輩は実はああいうコスプレに興味があると……」

「なにバカな事を言ってんだよ、石田」

俺は「いかにもくだらない」といった調子で、ヤツの発言を打ち切った。

「あれは俺が持って来たペットボトルをこぼした時、それが少し付いちゃっただけなんだよ。それに燈子先輩が気づいてさ、『少しだけど洗って返さないとダメだね』って言って一緒にクリーニングに出してくれたんだ」

とっさに出た出まかせ。だが頭がフル回転していたのか、我ながら見事な言い訳だ。

この演技、通用しているよな。

「なんだ、そういうことか？」

石田が心底残念そうに言う。

「俺はてっきり燈子先輩も、ああいうのに関心を持ってくれたのかと」

良かった、通用したみたいだ。石田があまり深く考えるタイプじゃなくて助かった……

「いやいや、そんな訳ないだろ。燈子先輩だぜ。イメージ違い過ぎだろ」

……俺もビックリしたくらいだからな……

「だけどもう『アニマル・ビキニ』は燈子先輩には出来ないか？　カレンちゃんが先に『ペット・シリーズ』を出してるもんな」

そう言って石田はスマホを取り出すと、カレンのSNSのページを開く。

カレンの露出度高めのアニマル・コスプレ画像が並ぶ。

「さらに新しく出した『あなたの妹シリーズ』も好調だぞ」

石田が言った『あなたの妹シリーズ』は、おそらく俺たちの『イメージ・デート』からヒントを得たのだろう。

カレンが『隙のある緩い妹』を演じている写真なのだ。

『着崩したパジャマ姿』『大きなTシャツ姿（腰が隠れるギリギリ）』『制服着替え中』『バスルームから顔だけ出して』等々。

正直、かなり可愛く撮れている。前に石田が「実物の一・五倍くらい」と言っていたが、この妹シリーズに至っては三倍は可愛く撮れているんじゃないだろうか。

（これは俺が一人っ子だから、そう思うのだろうか？　ちなみに石田はヲタクのくせに妹系はあまり興味がない。リアルに明華《めいか》ちゃんという可愛い妹がいるせいなのか）

それにしてもカレン、本当にあざとい女だ。

世が世なら、コイツは則天武后《そくてんぶこう》や西太后《せいたいこう》と並ぶ悪女になれたんじゃないか？

「カレンに張り合っても仕方がないだろ。それより次は動画でどうだ？」

俺がそう提案すると石田も頷《うなず》く。

「そうだな。俺たちは動画はまだ『大学紹介』程度しか出してないからな。それで何か企画はあるのか？」

「ああ、前から考えていたんだ。『燈子先輩のチャレンジ・シリーズ』」

「それってどんなコンセプトだ？」

「燈子先輩って知性派完璧女子のイメージが強いだろ。でも実際はちょっとダメっ娘《こ》な所もある。最初は料理だってからっきし出来なかったしな」

「ほう、それで？」

「だから燈子先輩が何か新しい事にチャレンジする。その様子を動画に撮るっていうのはどうだ？　キチンと出来れば『スゲー』ってなるし、失敗すればそれはそれで『可愛《かわい》い一面』が見られるだろ」

「なるほど、それで何をやってもらうつもりなんだ？」

「俺が考えているのは、やっぱり料理系だな。大きな魚を丸ごと一匹さばくとか、蕎麦《そば》打ちを体験して貰うとか」

「いいアイデアだとは思うけど、魚をさばくとか女子は嫌がるんじゃないか？　蕎麦打ちも面白そうだけど、一発目にヤルには渋すぎると思うぞ」

「そっか、何か料理系のチャレンジがいいとは思っているんだが」

「牛の乳しぼりなんかはどうだ？　燈子先輩にも牛柄の白黒ビキニを着てもらって」

「オマエ、いい加減にアニマル・ビキニから離れろよ」

そう言いながら俺はしばらく考えた。

あまり難易度が高かったり、金がかかるものは無理だ。

手頃に出来て、それなりに苦労しそうなもの……

なぜかさっき石田が言った『燈子先輩が牛柄白黒ビキニで乳しぼりをする図』が頭に浮かんできた。

イカン、イカン。石田のバカ妄想に毒されている。

だが『乳しぼり』というキーワードが何か引っかかる。

「そうだ、バター作りなんてどうだろう？」

俺がそう言うと石田が怪訝《けげん》な顔をした。

「バター作り？　そんなの動画にして面白いのか？」

「バターって牛乳をペットボトルに入れてただ振るだけで出来るんだけど、それがかなり大変なんだってさ。だからそれで一生懸命になっている燈子先輩を撮影するんだよ。ペットボトルを振りまくる女の子も可愛いかもしれない。バターなら後でお菓子作りにも使えるし」

「ん〜、まあ他にアイデアもないし、次はそれでやってみるか？」

石田はあまり気乗りしない感じで同意する。

こうして次の企画は『燈子先輩のチャレンジ企画、バター作り』に決まった。

だけど石田、コスプレの時に比べてオマエのテンションが低すぎないか？

そんな訳で週末、俺と石田は燈子先輩の家に向かった。

燈子先輩の家に入るのは、Xデーの前に『料理の試食』で呼ばれて以来だ。

インターホンを押すと、すぐに燈子先輩がドアから顔を出した。

「いらっしゃい。もう一美は来ているから」

そう言って、俺たちをリビングに案内してくれる。

石田がキョロキョロと家の中を見回した。

「外から見て『大きな家だな』って思ったけど、中はもっと豪華だな」

「俺も初めて来た時はビックリしたよ」

「この家なら、撮影スタジオは要らなかったんじゃないか?」

そんな話をしながらリビングに通される。

立派なダイニング・テーブルの横に一美さんがいる。燈子先輩もその隣に並んだ。

「言われた物は用意しておいたけど、本当にこれだけでいいのか?」

一美さんがそう言ってテーブルの上に置かれた五百CCの空きペットボトルを指さした。

全部で四本ある。

「ええ、大丈夫です」

俺はそう答えるとスーパーで買って来た材料一式を袋ごとテーブルの上に置いた。

「でもバター作りの道具が空のペットボトルだけって」

一美さんが不思議そうに言うと、俺の代わりに燈子先輩が答える。

「バター作り自体は難しい技術はいらないわ。ただ単に牛乳から脂肪分を分離するだけだから。分離するまでが大変らしいけど」

燈子先輩が俺を見た。

「それで今回は牛乳からバターを作るんでしょ？」

「はい」

「ちゃんとノンホモ牛乳を買って来た？」

「はい、大丈夫です」

俺は袋から一リットル入りのノンホモ牛乳を取り出した。

それを見ながら石田が尋ねる。

「ノンホモ牛乳って何だ？　普通の牛乳と何か違うのか？」

突然そう聞かれても、俺も答えられない。

その雰囲気を悟ったのか、燈子先輩が代わりに答えてくれる。

「普通の牛乳はね、ホモジナイズ処理っていう『脂肪の粒が細かく均一化する処理』がされているの。その処理がされていない牛乳を『ノンホモジナイズ牛乳』、縮めてノンホモ牛乳って言うのよ」

「その処理って、どうして必要なんです？」さらに石田が尋ねる。

「ホモジナイズ処理をしていないと、牛乳から勝手に脂肪分が分離してしまうの。それを防ぐためよ。でも脂肪球が小さいと、それが中々くっつかなくてバターになりにくいのよ。バターは牛乳から脂肪分だけを取り出したものだから」

燈子先輩がペットボトルに牛乳を注ぎながら答える。

俺もその知識はネットで調べて（なんとなく）知っていたが、うろ覚えだったのでうまく説明はできなかったのだ。

まぁそんなこと知らなくても、バターが出来ればいいのだが。

「それじゃあ撮影に入りま〜す」

俺がそう言うと、石田が三脚にスマホを固定した。

俺は俺で自分のスマホを構える。

「スタート！」

俺の掛け声により、燈子先輩が牛乳の入ったペットボトルを掲げた。

「こんにちは、皆さん。桜島《さくらじま》燈子です。え〜と、今日は『初挑戦やってみる企画』という事で、自宅でバターを作ってみようと思います」

燈子先輩も撮影にだいぶ慣れてきたみたいだ。笑顔でカメラに向かっている。

「用意する道具は空のペットボトルだけ。ここに牛乳を入れます。牛乳はノンホモ牛乳じゃないと中々固まらないので注意が必要です」

そう言って、先ほど石田にしたのと同じ説明をする。

「ペットボトルに牛乳を三分の一ほど入れて下さい。後はフタをギュッと閉めて振るだけです」

燈子先輩は手にしたペットボトルを上下に振りだした。

「こうやって振っていると、その内に中の牛乳がクリームみたいになります」

一分……二分……三分……一向にクリーム状にならない。

「ん〜、生クリームを使うともっと簡単にバターになるんだけど……やっぱり牛乳からだと難しいのかな？」

さらに二分経過……ただ『美女がペットボトルを上下に振るだけ』という地味な絵柄が続く。が、何も変化はない。

さらに一分が経過した。

「なぁ優、コレ、いつまで撮っているんだ？　こんな動画をただ見ているだけのヤツなんていないと思うぞ」

石田がそう言った時だ。

「ちょ、ちょっと休憩……」

燈子先輩が荒い息でペットボトルをテーブルの上に置いた。

「中々固まらないものなんだな」

そう言って一美さんがペットボトルを手にして、しげしげと見つめる。

燈子先輩が恨めし気に俺を見た。

「一色《いっしき》君、コレ本当に、お願いした通りにノンホモ牛乳なの？」

「それは間違いありません。ホラ、ここにちゃんと『ノンホモ牛乳』って書いてあります」

俺は買ってきた牛乳パックを掲げる。

燈子先輩はそれを見つめていたが「そうね、確かに『ノンホモ牛乳』となっているわ」と諦めたように言った。

そこで一美さんがペットボトルの一つを手にした。

「試しにアタシらもやってみようか？　このままじゃ動画にならないしね。誰かが出来たらそれを燈子が作った事にすればいい」

「そうですね、俺たちもやってみましょうか」

そう言って三つのペットボトルに牛乳を入れ、俺、一美さん、石田の三人で振り始めた。

「お、なんか塊みたいなのが出来てきたぞ」

一番最初にそう言ったのは石田だ。次に一美さんで俺。

バシャッ、という音がして液体と固形分（これがバターらしい）に分離が最初に出来たのは一美さんだ。

そして俺と石田がほとんど同時に同じように出来た。

「出来た」「出来たっす」「出来ました」

そんな俺たちを、燈子先輩が恨めしそうに見ている。

「じゃ、じゃあ、みんなで協力して作って、その途中過程を燈子先輩がやったように撮影すれば……」

俺はそうフォローに入るが燈子先輩は、

「いい！　自分でやる！」

と言って新たにペットボトルに牛乳を注いで振り始めた。

今度はムキになって振り始める。

……あ、燈子先輩の負けず嫌いな所が出ちゃったかな……

そう思っている俺に一美さんが近づいて来た。

「燈子も意地っ張りだからねぇ」

それが聞こえたのか、燈子先輩が
「なによ！　私、意地なんて！」

そう言いながら思いっきり振った時だ。

バシャッ。

派手な音と共に蓋が外れ、ペットボトルから牛乳が噴出した。

あたり一面、牛乳塗《まみ》れになる。

その後は飛び散った牛乳を四人で拭き取り、再び燈子先輩がバター作りに再挑戦した所、今度は成功した。

出来上がったバターは水分（これが低脂肪乳らしい）を取り分け、さらにキッチンペーパーで水気を丁寧に拭き取る。

せっかく作ったバターなので、半分はレーズンと塩とシナモンを入れて『レーズンバター』にする。

出来上がったレーズンバターを冷蔵庫で冷やしてから、四人で試食してみた。

「ん！　美味《おい》しい！」と一美さん。

「本当だ。すっごく美味《うま》いっすね〜」と石田。

燈子先輩が「レーズンの甘みとバターの塩気が丁度いいね」と感想を述べる。

俺も一口、レーズンバターを口に入れる。口の中に豊かなバターの旨味と、レーズンの甘酸っぱさが広がる。

「コレは美味いです。市販品より全然上じゃないですか？」

一美さんがペロリと唇を舐《な》めながら「酒が欲しくなるな」と呟《つぶや》いた。

こうして『燈子先輩のチャレンジ・シリーズ』の第一弾『牛乳からバター作り』は終わった。

公開すると評判も中々いい。

燈子先輩が夢中になっている所も可愛《かわい》いし、ムキになって牛乳をぶちまけてしまう所もいいアクセントになっている。

最後にみんなで出来たレーズンバターを試食しているシーンも、ほのぼのしている。

コメント欄の反応も大方良かった。

だが前回よりアンチの書き込みも目立つようになって来た。

そしてそのコメントに乗っかるヤツも現れ始めている。

……これは対策が必要になるかもしれないな……

俺はそう考え始めていた。


そうしていよいよ四月の最終週の金曜日、ミス・ミューズの発表の日だ。

俺たちは第一学生食堂に向かった。

ここが一番大きい学食で七百席近くある。

今日はここで『ミス・ミューズに選ばれた九人』の自己紹介が行われるのだ。

現在、ここに居るのはミス・ミューズへの参加者か、彼女たちを推薦したグループやサークルの関係者のみだ。

それ以外の学生へはネットを通じて公開される。

俺・燈子先輩・一美さん・美奈《みな》さん・まなみさん以外のサークルの連中も大勢来ている。

もちろん石田も一緒だ。

「今日でやっとお役御免だね」

俺の隣にいた燈子先輩がそう言った。

「もしかして、やっぱり不本意だったんですか？」

俺がそう尋ねると、燈子先輩は拳を顎に当てた。

「う～ん、確かに最初は仕方なくって思っていたけど……でもやってみたら意外と楽しかったかもしれないな。なんか新しい自分を発見できたような気もするし」

……新しい燈子先輩？

俺は思わず「アニマル・ビキニで踊っている燈子先輩」を思い出してしまった。

「燈子、本当は一色君が一緒にいたから楽しめたんじゃないのか？」

さらに向こう隣に座っていた一美さんが、そう茶化《ちゃか》すように言う。

「か、一美ったら、いきなりなに言い出すのよ！」

「だってそうだろ？　そもそも一色君がいなかったら、燈子はこのミス・ミューズに参加さえしてなかったんじゃないか？」

「べ、別に一色君がどうとか、そんな事じゃ……」

そう言った燈子先輩がチラッと俺を窺《うかが》うように見る。

「じゃあ燈子は、一色君がいようがいまいが関係なかった、そういう事か？」

「そうじゃないけど……それはやっぱりいてくれた方が良かったって……一色君とは気心も知れてるし」

「へ〜え」

一美さんがニヤリと笑う。

俺は居たたまれない様子の燈子先輩が可哀《かわい》そうになった。

「俺は今回のミス・ミューズ、参加できて良かったです。楽しかったし、何より燈子先輩の役に立てたならそれが一番です。いい思い出にもなりました」

燈子先輩が恥ずかしそうに「ありがとう」と言い、一美さんがまた揶揄《からか》うように「ヒュゥ〜」と口笛を鳴らす。

「一色君も言うようになったねぇ。成長したじゃん。ま、アタシはそういう男っぽいセリフ、嫌いじゃないけど」

そこで一度言葉を切ると、組んでいた足を降ろして俺の方を覗《のぞ》き込む。

「でも実際、一色君も石田君も、よく頑張ってくれたと思うよ。今の所、燈子のミス・ミューズ入りは確実なんだろ？」

その一美さんの言葉を、燈子先輩が慌てて否定した。

「そんな、まだ確実なんて事はないよ。だって採点基準とかも発表されていないんだから」

俺も膝の上のノートPCを広げながら言った。

「そうですね。ただ現在までの燈子先輩のフォロワー数は第三位。とは言え、二位のカレンが一万一千で差は二十程度ですから、ほとんど誤差の範囲です。厳密には採点基準はフォロワー数ではありませんが、ミス・ミューズの投票サイトでも途中まではフォロワー数と連動していましたから間違いないでしょう」

ミス・ミューズも後半にはかなり盛り上がりを見せ、新入生による登録などもあって、一気に候補者のフォロワー数は増えて行ったのだ。

「そっか、投票サイトは週イチでしか集計が出ないもんな。最終結果は解《わか》らない訳だ。ちなみに竜胆朱音のフォロワー数はどうなっているんだ？」

「竜胆朱音は一万二千で一位です。最初に比べるとかなり追い上げたんですが……」

俺としてもその点は残念だ。

「一色君が気にする事はないよ。私がもっと最初から前向きにやっていれば……」

燈子先輩がフォローを入れてくれる。

そこで一美さんが右手をヒラヒラと振った。

「二人ともそれは気にする必要がないよ。それにサークル代表としての立場で言えば、燈子が何位だろうとミス・ミューズに入りさえすればいいんだ。それで長年の夢だった部室が手に入り、補助金も支給されるんだからな。アタシが代表になってまだ二か月で、今までの代表が達成できなかった事を達成したんだ。正直、鼻が高いよ」

一美さんがニカッと笑う。

「でも一美さんの采配も上手《うま》かったですよ。俺の意見も程良い所で聞いてもらえましたし」

俺は思っていた事を口にした。

部長が一美さんでなければ、俺の意見は美奈さんに潰されていたかもしれない。

「そう言って貰《もら》えるとアタシとしてもホッとするよ。正直な所、けっこう戸惑ってはいたんだ。一色君がデータを示して色々なアイデアを出してくれたのは、本当に助かった。アタシの方こそ改めて礼を言うよ」

「そんな、止《や》めて下さい。俺だって自信があった訳じゃないですし」

「なにはともあれ、今日でこのイベントも終わりなんだ。普通の学生生活に戻れるな」

一美さんがそう言った時、正面に作られた壇上に司会者が上がった。おそらくサークル協議会のメンバーだろう。

「皆さん、長らくお待たせしました。これより『城都大生《じょうとだいせい》が選ぶ様々な魅力を持った女性の発掘プロジェクト』、第一回『ミス・ミューズ・コンテスト』の結果を発表したいと思います！」

会場に準備されていた音楽が盛大に鳴り響き、それと同時に客席から歓声が上がった。

壇上正面のプロジェクターから映し出された映像に、ネットを通して送られて来たコメントがダーと流れる。

やっぱりこういうイベントって盛り上がるんだなぁ。

「既に皆さんも知っての通り、去年までは大学祭の時にミス城都大を決めていました。ですが今年からは新入生の歓迎イベントという意味も込めて、メイ・フェスティバルに向けてこのミス・ミューズを開催する事にしました」

スクリーン上に、歴代のミス城都大優勝者の顔写真が並ぶ。

その中にはあの竜胆朱音もいた。

「ミューズとは元々ギリシャ神話に出て来る九人の知の女神です。各女神がそれぞれの才能を司《つかさど》っています。私たちサークル協議会はこれにちなんで、その人自身が持つ固有の才能や魅力に焦点を当てるコンテストを開催しました」

最初は騒がしかった会場が、いつの間にか静かになっている。みんな発表を前に緊張しているのだろうか。

そしてそれは……俺も同じだ。

SNSなどの集計上は燈子先輩は第三位。上位九人なら間違いなく選ばれるはずだが、選考基準が発表されていない以上、『これなら絶対』と言う事はできない。

ふと横を見ると燈子先輩も緊張した面持ちだった。

「エントリーして頂いた女性は全部で八十二名。その中から皆さんに投票いただいた九人の女神をこれから紹介したいと思います。名前を呼ばれた方は前に出て壇上に上がって下さい！」

会場がさらに静まる。発表を前に雰囲気がビリついているのが解る。

「まずは『音楽の女神』！」

司会者はこうして、『美術の女神』『文学の女神』『演劇の女神』『舞踏《ダンス》の女神』『歌の女神』と順々に発表していった。

受賞した人の紹介ページがバックのスクリーンに表示される。

今の所は燈子先輩の名前も、そして竜胆朱音やカレンの名前も挙がっていない。

ここまでは予想していた。芸術系の女神に関しては、それを得意としている人たちがエントリーしていたからだ。

別に『誰がどの分野にエントリー』などと決めて参加する訳ではないが、当然その分野に合った宣伝方法があるだろう。

問題は残る三枠だ。ここに燈子先輩が食い込めるか？

俺は再び燈子先輩の方を見た。

さっきよりも緊張しているのか、表情が強張《こわば》っている。

その向こうに見える一美さん・美奈さん・まなみさんの表情も固い。

「次は『魅惑の女神』！　これは写真や動画が魅力的で、熱のこもった応援コメントが多い候補者から選ばれました」

　残り枠も少なくなったので、さらに緊張が高まる。

「文学部英米文学科二年・蜜本《みつもと》カレンさん！」

「わぁっ！」という歓声が会場の一角から沸き起こり、そこから可愛いピンクのフワフワした服装のカレンが立ち上がった。

　カレン、あんな所にいたのか？　なんか両手を口元に当てて「私が？　信じられない」といったように驚いた顔をしてるけど……あれも演技だろうな。

　そしてカレンは周囲に押されると、笑顔で手を振りながら壇上に向かっていく。

　それにしてもどこか余裕を感じる態度だ。

　司会者が「何か一言お願いします」と言って、マイクをカレンに渡す。

　カレンは軽やかな笑顔で受け取ると、まるでアイドルのように観客席に向かって話し始めた。

「みなさ～ん、カレンのこと応援してくれて、本当にありがとう！　カレン、全然自信が無かったから、名前呼ばれた時もすぐに自分の事だって分からなくってぇ～。隣の人に『カレン、呼ばれたよ』って言われて初めて気が付いたくらいなの。でもカレン、ＳＮＳとかも一生懸命頑張ってやっていたからぁ、みんなが応援してくれて、ここでこうしてミューズの女神に選ばれた事は本当に嬉《うれ》しいです！　最後にもう一度、みんな、ありがと

「……よぉ言うわ。さっき前に出ていく時の態度は『絶対に自分が選ばれる自信がある奴《やつ》』の態度だったろう。アイツはその場その場で身も心も別人に成りきれるヤツなんだな……

俺は呆《あき》れた思いでカレンを見ていた。

カレンが他の入選者と並ぶと、司会者は再び声を張り上げた。

「いよいよミス・ミューズの席も、残り二枠となりました。さて次なる女神は……『知恵の女神』！　これには知性派美人でありながらそのイメージを打ち壊すくらい様々な挑戦と、それでいて色々な知識を披露してくれた……理工学部情報工学科三年・桜島燈子さん！」

「わぁ！」「おおっ！」

さらに会場が沸き立った。

俺たちサークルメンバー以外にも、燈子先輩を応援している人が多い証拠だろう。

そして肝心の燈子先輩はと言うと……

下を向いて赤い顔をしている。目がグルグル状態だ。かなりテンパってる？

「燈子先輩」「燈子！」

俺と一美さんがほぼ同時に声をかける。

「だ、大丈夫。解っているから」

そう言って燈子先輩は立ち上がった。そうして正面の壇上に向かう。

ちょっと足元がフラついている感じだけど、大丈夫かな？

人目のある所に出るのが苦手なのは知っていたけど、けっこうアガるタイプなのか？

壇上に上がった燈子先輩に、司会者がマイクを向ける。

「桜島燈子さんと言えば『陰のミス城都大』『真のキャンパス女王』って呼ばれていましたからね。周囲からの期待も高かったと思います。どうですか、実際にミス・ミューズに参加してみて？」

だが燈子先輩はまだ少し『目がグルグル』状態だった。

「は、はいっ。周囲のみんなが一緒に協力してくれて……色んな事を経験できて……思っていた以上に楽しかったです」

う〜ん、普段の燈子先輩なら、もっとビシッとパンチが効いた事を言いそうなんだけど。

「燈子って割と不意打ちに弱いんだよね。意外にアガリ性だし。事前に用意している討論なんかはメチャ強いんだけど」

一美さんが俺に説明するかのように言った。

なるほど、そういう事ね。

もっともこの場で『ミスコンとは』みたいに論じられても困るけど。

燈子先輩も壇上でカレンの隣に並んだ。

「それでは最後の女神枠を発表します！　『表現の女神』、ここでは発信力やインフルエンサーとしての影響力などを考慮して選ばせて頂きました。受賞者は……文学部マスコミ情報学科三年・竜胆朱音さん！」

やはり「わぁぁっ！」「さすが！」などの歓声が上がる。

だが同時に、どこかで「チッ」と舌打ちするのが聞こえた。

横を見ると美奈さんとまなみさんが渋い顔をしているのが見える。

竜胆朱音は周囲の応援者が声を掛けるのも気にせず、当然のようにすました表情で壇上に上がった。

「それでは竜胆朱音さん、一言お願いできますか？」

「みなさん、応援ありがとう。私は去年・一昨年《おととし》のミス城都大で優勝できたのですが、歴史あるミス城都大が廃止される事が残念でなりませんでした。ですが今年、このミス・ミューズが開催され『女性の多様な魅力を発掘する』というコンテストでも、私がこうして選ばれたという事は、多様な魅力という点でも私が評価されたという事であり、本当に誇らしいです。応援して頂いたみなさん、本当にありがとうございました」

と余裕タップリのコメントを出した。

「さすが竜胆朱音さん、女王の風格ですね。それではコチラへどうぞ」

司会者が指し示した燈子先輩の隣に立った。

壇上にはミス・ミューズに選ばれた九人が一列に並んでいる。

「さて、これで第一回ミス・ミューズ、九人の女神がここに誕生しました。皆さん、盛大な拍手をお願いします！」

会場から割れるような拍手が巻き起こった。

……これで全て終わった。終わってみればあっけなかったかもな……

俺はそう思いながら、イスに体重を預けて楽な姿勢を取る。

後はここで司会者が『ミス・ミューズの発表終了』の挨拶をして終わりだろう。

司会者が再びマイクを握る。

「ここに居るミス・ミューズの九人の女神は、メイ・フェスティバルにて改めてお披露目《ひろめ》する機会を持ちたいと思います。それ以外の参加して頂いた皆さんにも厚く御礼を申し上げます。また推薦者の皆さんもお疲れ様でした。そして応援して頂いた方々、投票して頂いた方々、皆さんの応援があってこそミス・ミューズは成功する事が出来たと言えるでしょう」

司会者の終わりの挨拶だが、なんとなくみんなダラけた雰囲気で聞いていた。

それはそうだ。もうミス・ミューズの発表は終わったのだ。

これ以上、応援する事もないし、後は日常の大学生活に戻るだけだ。

「その上で皆さんにもう一つだけお願いがあります。ミス・ミューズの九人の女神の中から、一名『代表者』を決めて頂きたいのです」

……えっ？　いま何て言った？……

気を抜いた感じで座っていた俺だが、思わず上体を起こす。

周囲の連中も「なにが起こった？」という感じだった。

そんな会場の様子を眺めながら、司会者がニヤリと笑った気がした。

「このミス・ミューズは様々な企業からの協賛の上に成り立っています。そういう企業からの広報活動に可能な範囲で協力する必要があります。何よりもミスコンが廃止された今、大学の宣伝などの『顔』となって活動していく役割もあります。よって九人の女神の中で『代表者』として活動して頂く方がどうしても必要なのです」

壇上にいる女神たちも呆気《あっけ》に取られた表情をしている。

当然だ。「ミス・ミューズは特色のある九人の女性を選ぶだけで、その中で順位付けはない」と聞いていたのだから。

だが、その中で……二人だけ「それを当然のごとく」聞いている人間がいた。

竜胆朱音と蜜本カレンだ！

……まさか、あの二人は『代表という名の優勝者』を決める事を知っていたのか？……

「おー―――ッ！　イイゾォ！　そうこなくっちゃ！」

会場で誰かが叫んだ。

「そうだ！　ただ九人選んだだけじゃ面白くね────！　誰が一番か決めろ！」

「まだまだイベントは終わらないぞぉ！」

「頑張れ〜〜〜！」

様々な声が会場のアチコチから立ち昇る。

……するとこの九人は事実上のミスコンのファイナリストに過ぎないって事なのか？……

俺はミスコン自体には反対じゃない。

むしろ大学生活を盛り上げるイベントなのだからやるべきだと思う。

ミスコンに反対の人は、燈子先輩のように参加しなければいいだけの話だし。

だが今回は違う。燈子先輩の嫌う『順位付け』が後から追加されたのだ。

そしてその事を、竜胆朱音とカレンだけは知っていた可能性がある。

俺が険しい目で壇上を見つめていると、司会者が言った。

「皆さん、静かにして下さい。なお代表決定会はメイ・フェスティバル当日。五月のゴールデン・ウィーク明けの最初の土曜日、午後一時から大学の講堂で実施します。その時点での『一般投票者からの投票』で上位三名を選抜し、全体に対する得票数の割合に応じて、まず五十点を満点とした得点を算出します。その後に審査員五人による点数の加点が行われます。審査員は一人十点を持っており、最終的には『一般投票者からの投票得点』と『審査員による得点合計』の計百点満点で決定いたします」

『一般投票による五十点』と『審査員による五十点』の合計得点で決まるだと？
その審査員というのは誰なんだろう。
そしてミス・ミューズの参加者さえ知らない様子の代表決定戦とは？
俺は胸の中で何かがざわつくのを感じた。

八　アンチ発生・これは罠か？

ミス・ミューズの発表会の後、俺たち四人（俺、燈子《とうこ》先輩、一美《かずみ》さん、石田《いしだ》。美奈《みな》さんとまなみさんは用事があった）は、大学から少し離れたファミレスに集まった。

「まさかこんな事になるなんて……」

燈子先輩が疲れたように言うと、一美さんも後に続く。

「そうだな。今日でおしまいだと思っていたのに『これからナンバーワンを決める』とか言い出すなんて」

「みんな、ごめんなさい。私のせいでさらに巻き込む事になっちゃって」

燈子先輩がすまなそうに頭を下げた。

「いや、これは燈子のせいじゃないよ」

一美さんがキッパリと言う。

「今回の運営側の発表はどう見ても突然だった。運営にとっては最初から計画していた事だったのかもしれないが、参加者はみんな寝耳に水だったんじゃないかな？」

しかし俺はその一美さんの意見に首を傾《かし》げた。

「本当にみんな知らなかったのかな？」

「どういう意味だ、一色《いっしき》君？」

「あの『代表を決める』って司会者が発表した時なんですけど……」

俺はみんなの顔を見渡した。

「確かに壇上にいたほとんどの人は驚いていました。だけど竜胆《りんどう》さんとカレンだけは、まるで前から知っていたかのように平然としていたんです」

「そうなのか？」

一美さんが確認する。

「もちろん距離があったんでハッキリと見えた訳じゃないけど、俺にはそう見えました」

それを聞いた燈子先輩が何かを考えるような顔をしている。

「燈子、何か思い当たるフシがあるのか？」

「私も『これから代表を決める』って事に驚いて、ちゃんと見ていた訳じゃないんだけど……」

燈子先輩は俺を見た後、一美さんに視線を移す。

「あの時、竜胆さんは微《かす》かに笑ったような気がしたんだ」

「「竜胆朱音《あかね》が笑った？」」

俺と一美さんの声が重なった。

「さっきも言った通り、確実にそう言いきれるほど明確に見た訳じゃないんだけど、でも一瞬口元が緩んだように見えたの」

「ちなみにカレンはどうだったんですか？」

と俺が尋ねると、燈子先輩は首を左右にした。

「カレンさんの方は分からないわ。竜胆さんはたまたま私から見て司会者の方に立っていたから、何となく視界に入っていただけだし」

なるほど、壇上ではカレン、燈子先輩、竜胆朱音の順に立っていて、そこから少し離れて司会者がいた。この並びではカレンの様子は見ていなくて当然だ。

「「「う～ん」」」一同全員が考え込んでしまう。

しばらくして石田が口を開いた。

「その点に関しては、これ以上考えても仕方ないいんじゃないっすか？　どっちにしろこの先の代表戦に勝ち残る事が大事っすよね？」

その意見に俺も賛同する。

「そうだな。石田の言う通りだ。この後ゴールデン・ウィーク明けに実施される代表決定戦。それに向かってどうするかを考える必要があるな」

一美さんが燈子先輩を見た。

「アタシもそう思うが……燈子はどうだ？　まだこの先もヤル気はあるのか？　嫌なら代

表決定戦は辞退してもいいと思うんだが？　ミス・ミューズに選ばれた時点で、サークルとしての目的は果たしたからな」

燈子先輩はしばらく難しい顔で考えていたが、やがて顔を上げるとキッパリとこう言った。

「そうね。ゴールが急に動いた点と、運営側に踊らされたような点が気に入らないけど、ここまでやったのに今になって逃げる姿勢も嫌だしね。こうなったら最後まで全力を尽くしましょう」

「それでこそ燈子先輩っす！」

石田が調子良くそう言った。だけど気持ちは俺も同じだ。

「じゃあ俺は代表決定戦に向けて、何をするのか調べてみます。現在解《わか》っている事は『点数の半分は一般投票』『もう半分は審査員による審査』という事だけですから」

「アタシもサークル代表として、協議会の方に確認してみるよ。オフィシャルな事はそれで解るはずだ」

「俺は何をしたらいいっすか？」

そう言った石田に対して、俺が注文をつける。

「石田には後で話があるんだ。俺が気になっている点、それを一緒に調べて貰《もら》いたい」

「何を調べるんだ？」と一美さん。

「それは今はちょっと……ある程度、状況が見えてきたら説明します」

「そうか」と一言言って、一美さんはそれ以上は聞かないでくれた。

「サークルのみんなにはアタシの方から伝えておく。ミス・ミューズの活動は延長戦になったけど、この後も引き続きみんなで頑張ろう！」

「「「おー！」」」

こうして俺たちの戦いは第二ラウンドに突入した。


「一色君、ちょっとだけ時間、いいかな？」

ファミレスを出た所で、燈子先輩が俺にそう声を掛けた。

「あ、ハイ。大丈夫ですけど」

ちょっと意外な気はしたが、俺は即答した。

……俺だけかな？……

そう思って一美さんの方を振り向くと
「じゃあアタシと石田君は、先に帰っているから」

と当然のように駅に向かって行った。

今回も気を使ってくれたみたいだ。

「どこか入りますか？」

俺が燈子先輩に尋ねると、

「私が知っている喫茶店が静かで話しやすいから、そこにしない？」

と答えて歩き出す。

燈子先輩が案内してくれたのは、大学とは駅を挟んで反対側にある裏通りに入った民家風カフェだった。一見しただけでは、そこがカフェであるとは分からないくらいだ。

席についた燈子先輩がメニューを俺に手渡す。

「ここはランチも美味《おい》しいんだけど、コーヒーとケーキも凄《すご》く美味しいの」

やって来たウェイトレスに燈子先輩はイチゴタルトとミルクティ、俺はモンブランとコーヒーを頼む。

「あ〜、ゴールデン・ウィークには解放されると思っていたのに〜」

そう言って燈子先輩はガックリを肩と首を落として前のめりになった。

「やっぱり、代表決定戦がプレッシャーなんですか？」

「プレッシャーっていうほどじゃないけど、『ゴールが遠のいた』っていうのが、なんかちょっとね〜」

「さっき一美さんが『嫌なら代表決定戦は辞退してもいい』って言ってましたが」

「そこまで強い思いじゃないの。でもこれでみんなにも追加で負担を掛けちゃうでしょ」

「でも美奈さんとか楽しんでやっているみたいだし」

「一色君は？」

そう言って燈子先輩は顔を起こした。

「はっ？」

「一色君はどうなの？」

「俺ですか？　俺ももちろん楽しんでますよ。それにヤリガイもあります。こういうデータを分析して対策を立てる作業って、けっこう向いているかもしれないです」

「そう、それなら良かった」

燈子先輩が安堵《あんど》したような表情を浮かべる。

「私も実はこのミス・ミューズ、けっこう楽しんでいるんだ。みんなと一緒に何かを作るみたいで楽しいし。一色君や石田君も色々考えてくれているもんね。今までにはない体験も出来たし」

「そうですね。コスプレなんて普通はあまりやる機会が無いですもんね」

するとと燈子先輩が少し恥ずかしそうな顔をした。

俺もそんな燈子先輩を見て、あの『サーバル・キャットのコスプレ・ビキニ姿』を思い出していた。

「う、うん。そうだね。ああいうのも楽しいって言うか、新しい発見って言うか……」

燈子先輩が赤い顔で焦ったように言う。そして俺を上目遣いに見た。

「べ、別に、ああいう格好をしたかった訳じゃないから。前から可愛《かわい》いと思っていたから、ちょっと興味があっただけだから……」

「俺、何も言ってませんよ」

「でもさっき、その事を思い出していたでしょ」

「まぁ、一瞬」

「……バカ……」

燈子先輩が俯《うつむ》き加減にそう言った時、ウェイトレスがケーキセットを運んできた。

ウェイトレスが立ち去った時、

「桜島燈子《さくらじま》さん？」

四人の男女が店に入って来たかと思うと、その中の一人がそう声を上げた。

声の方を見ると、そこには『ゴージャス』という形容詞がピッタリ合いそうな女性がいた。

何度かWEBでは見た顔、そして今日もミス・ミューズの会場で見たばかりの顔。

一昨年《おととし》・去年のミス城都大《じょうとだい》にして、今年度ミス・ミューズの『表現の女神』竜胆朱音だ。

そしてその背後には、カレンと二人の男がいた。

「竜胆さん？」

「どうしたの？　うな垂れていたみたいだけど。心配事かしら？」

竜胆朱音はそう言って口元だけで笑う。

「別にうな垂れていた訳じゃないけど。竜胆さんはここでお疲れ様会？」

「そんな疲れるような事はしてないでしょ。ただお茶しに来ただけよ」

竜胆朱音は嘲笑《あざわら》うかのような顔をした。

だがその目には、燈子先輩に対する敵意が燃えているように見える。

「そうなの」

燈子先輩は一言そう言って、ミルクティに口をつける。

なぜかその様子を竜胆は憎々し気に見つめた。

「ねぇ、せっかくここでこうして会ったんだもの。私と賭けをしない？」

「賭け？」

燈子先輩が不思議そうな顔をする。

「そう、私とアナタ、どちらがミス・ミューズの代表になるか？」

それを聞いた燈子先輩は嫌そうな顔をした。

「ミス・ミューズは九人もいるのよ。私かアナタのどちらかが代表になるなんて決まってないでしょ。カレンさんだって代表になる可能性は高いわ」

「桜島さんは代表になる自信はないの？」

「ええ、ないわ。それにそんな事で争う気にもなれない」

燈子先輩は当然のように答えた。

だが竜胆朱音の挑発は続く。

「そんな生半可な気持ちなら、ミス・ミューズも止《や》めて欲しいわね。私は真剣に取り組んでいるんだから」

「私も一生懸命にやっているつもりだけど」

「ふ〜ん、でも自信はないんでしょう？　それもそうね、一緒に応援してくれる仲間がショボそうだしね。それは不安にもなるわね」

それを聞いた時、燈子先輩の目が光ったように思えた。

「いま、何て言ったの？」

「ショボい仲間で頼りにならなそう、って言ったのよ。言い換えたとしても『無能の集団』って所かしら。そんな協力者じゃ自信も持てないでしょうね」

燈子先輩がキッとなって竜胆朱音を睨《にら》んだ。

「その発言、取り消しなさい。私の事を何て言ってもいいけど、私の友人まで侮辱するのは許さない！」

「アナタが自信がないって言うから、その理由を推測してあげただけだけど。私、何か悪い事を言った？」

竜胆朱音はあくまで挑発的だ。

そんな竜胆を燈子先輩は睨みつけた。

「私の発言を訂正させたいなら、私と勝負して勝つ事ね」

「いいわ。そこまで言うなら勝負してあげる。条件を言いなさい」

それを聞いて俺は慌てた。

「燈子先輩！　そんな勝負に乗っかる必要はないですよ！」

だが燈子先輩はそれには答えない。

竜胆朱音がさらに挑発的な笑みを浮かべる。

「本当は『負けた方が大学を辞める』って言いたいところだけど、さすがにそれは出来ないでしょうね」

当ったり前だ。そんな勝負なら俺がこの場で全力で止める。

「桜島さんが負けたら、今まで『陰のミス城都大』なんて言っていた事を謝罪するコメントを、文書と動画でネットに出す、っていうのでどう？　その程度なら出来るでしょう」

燈子先輩は自分でそんな事を言った訳じゃないのに……

「私が負けたら、桜島さんの協力者を『ショボい』と言った事を謝るわ」

「それじゃあ燈子先輩の方がペナルティが大きいじゃないですか！」

俺がそう声を上げたが、燈子先輩がそれを制した。

「両方とも代表になれなかった場合は？」

「その場合はどちらの方がポイントを取れたかで決めましょう」

「同点数だったらどうするの？」

「その場合はドローかしら。まぁ私が謝ってあげるでいいわよ」

燈子先輩は少し考えた様子だった。

「わかった。それでいいわ」

「でも決着は必ずつくから、心配しなくていい。『私が代表になる』っていう結末でね」

竜胆朱音はそう言うと、俺たちに背を向けて別のテーブルに向かった。

彼女はついに一度も俺の方を見なかった。俺なんか眼中に無い、という事なのだろう。

そしてこの間、カレンは一言も発さなかった。

だがずっと何かを言いたげに、俺の方を見ていた。


竜胆朱音と離れた後、俺たちは無言でケーキを食べて店を出た。

電車に乗ってしばらくした時、燈子先輩の方から口を開いた。

「さっきの竜胆朱音との勝負、私が受けた事が一色君は不思議？」

「ええ、まぁ」

確かにあんな挑発に乗る必要はないし、燈子先輩らしくないと感じた。

「でも、みんな一生懸命にやってくれたのに、それをまるで『役に立たない』みたいな言い方をされるなんて……私、みんなにも申し訳なくって……」

そう言って燈子先輩が悔しそうな顔をする。

燈子先輩は俺たちが侮辱された事が許せないのだ。

それが解《わか》っていたから、俺もそれ以上は何も言う気はなかった。

「いいんですよ。きっとみんなもこの件は解ってくれると思います。それより勝負する事は決まったんですから、みんなで協力して勝ちに行きましょう！　あんな奴《やつ》に負けたくないです！」

俺がキッパリとそう言うと、燈子先輩も安心したような顔で頷《うなず》いた。


翌日……俺は石田に連絡を取った。

用件は「昨日の事で話がしたい」。

いつものファミレスで待ち合わせる。

俺の方が先についたが、五分と違わず石田もやってきた。

「話って、昨日言っていた『調べて欲しいこと』の相談か？」

テーブルに着くなり、石田がそう言った。

「それもあるけど、その前に話しておきたい事があるんだ。あの後さ……」

俺は昨日の『燈子先輩と竜胆朱音の勝負』について話した。

「マジかぁ～、竜胆朱音、そこまで挑発してくるか？」

石田も驚きの声を上げる。

「俺も驚いたよ。しかも完全に燈子先輩をピンポイントで狙っているんだ」

「そっかぁ。でも燈子先輩もその挑発に乗る必要はなかったのにな」

「燈子先輩は、協力している俺たちを馬鹿にされたのが我慢できなかったんだ」

「それは有難いけど……この事は一美さんたちには話したのか？」

「まだだ。一美さんには話すつもりだけど、美奈さんに言うのはどうかなと思っている。美奈さんとまなみさんは、相当に竜胆朱音を嫌っているから」

「そうだな。俺もそう思う。余計な所に火が燃え広がりそうだ」

そこまで話した後、石田が話題を変えた。

「ところで優《ゆう》、昨日言っていた『俺に一緒に調べて欲しい事』ってなんだ？」

俺はノートPCを取り出してブラウザを立ち上げ、石田に見せる。

「これなんだ」

「ん、燈子先輩の紹介ページにある掲示板だろ。これがどうかしたのか？」

「コメント欄を見てくれ。ココとココとココ」

俺が指さした部分には燈子先輩に対する非難コメントが書かれていた。

「あ〜、アンチか。でもこれは仕方がないだろ。人前に出れば出るほど、目立てば目立つほど、アンチも増えるのは当然だからな」

「それは俺も解っている。ただその書き込みの出方が気になるんだ」

俺は改めて燈子先輩に批判的なコメント部分を表示していった。

「ほとんどのコメントが燈子先輩に好意的だ。まぁ応援サイトだから当然だよな。だけど書き込みには大抵一定の法則みたいなのがある。新しい写真や画像を上げた時とか、今日みたいに発表があった時とかな。だけどこの批判コメント、どちらかと言うと決まった時間に書き込まれているみたいなんだ。それもアクセスが多い時間帯に集中している」

「本当だ。だいたいが夜十時から十二時の間に書き込まれているな」

「それだけじゃない。一人が批判コメントを書き込むと、それに追随する形で立て続けに十件近く書き込まれている。だからその部分は批判コメントが目立つ形になるんだ」

しばらくモニターを見つめていた石田が顔を上げた。

「つまり優は、誰かが計画的にこの批判コメントを書き込んでいる、ってそう言いたいのか？」

「全部が全部そうとは言わないが、そういうヤツラがいる可能性はあると思う」

俺はさらに別のコメントを二つ並べて表示した。

「例えばコッチとコッチのコメント。ＩＤは違うが書き方が似ていないか？『何とか何とかで草』で始まる所や、二行に一回『Ｗｗｗ』と書いてある所とか」

「なるほど確かに似てるな。もっともＩＰアドレスでも取得しないと、本当に同じかどうかは断定できないが」

「IPを取ったって、自宅のネット接続と、Wi-Fi切った電話経由の回線を使うのとでは違うから解らないだろ」

「まあな。もっともこんな程度のアンチコメントじゃ通報したって意味ないしな。それに一番のアンチ対策は『放置』だって言うぞ」

「俺もそう思っていた。ただアンチがこれ以上大きくなると、代表決定戦に悪影響を及ぼすんじゃないかって心配している。何しろ短期決戦だからな。炎上したまま投票に入るのはマズイ」

「なるほど、それで俺は何をすればいいんだ？」

「アンチ・コメントを書き込んだIDを調べてくれないか。俺はそのIDの書き込まれた時間とコメント内容を抽出するプログラムを作る。俺一人だと中々全部は見切れないからな。手助けして欲しい」

「わかった。サークルの他の人には頼まないのか？」

「それはまだいい。現状では組織的に燈子先輩を陥れようとしている動きかどうか解らない。それに燈子先輩だってこういうのを見ればショックを受けるだろうしな。もう少し状況を見てからにしたい」

「了解だ！　これからゴールデン・ウィークに入るしな。その間どう動くか調べてみよう」

石田は快く承諾してくれた。

俺としてもこれで少し気が楽になった。

やっぱり一人で調べているのと、相談できる相手がいるのとでは、気持ちがずいぶんと違うものだ。

だが俺の不安は悪い方に当たってしまったようだ。

ゴールデン・ウィークに入った初日、一美さんから連絡があった。

「急で悪いんだけど、今日って会う時間を作れないか？」

「いいですけど、どうしたんですか？」

「ネットのコメントの事で、ちょっとな……」

その一言で一美さんが何を言いたいか解った。

最近、以前にも増して燈子先輩への批判コメントが増えているのだ。

中には批判を通り越して中傷としか思えないものまである。

「燈子は『こんなの気にしてない』とは言っているがやはりショックを受けているようだ。だから燈子を安心させてやる事は出来ないかと思ってるんだけど……」

「わかりました。それには俺も少し考えがあります。石田も一緒に誘いますね」

「良かった。それじゃあアタシも燈子と一緒に行くから……」

俺たちはいつも石田とよく使う国道沿いのファミレスで午後一時に約束をした。

俺と石田がほぼ同時にファミレスに着くと、少し遅れて一美さんと燈子先輩が車でやって来る。

心なしか燈子先輩の表情が固い気がする。

だが席に着くなり、燈子先輩は言った。

「そんなネットの批判コメントくらいで、こんな風にみんなで集まる必要はないのに。私は気にしてなんかいないから」

それに対して一美さんが心配そうな顔をした。

「そうは言っても、やはり限度を超えた中傷みたいな書き込みは放置しておけないだろ。根も葉もない悪い噂《うわさ》をネットで広められても困るしな。ミス・ミューズだけじゃなく、今後の大学生活にも影響を及ぼしそうだ」

そう言われて燈子先輩は下を向いた。下唇を噛《か》んでいる。

顔色もやけに白く感じられる。もしかして眠れていないのか。

一般の人にとって突然にネットで投げつけられる『悪意の言葉』というのは、意外に精神的ダメージがあるものだ。

しかも燈子先輩は気丈な性格とは言え女性だ。

そして今の状況では、そのコメントに対して反論する事もできない。

こういう時こそ、周囲の俺たちが支えてやる必要がある。

それに一美さんの言う通り、行き過ぎたバッシングはミス・ミューズに留《とど》まらず、今後の生活にも影響を与えかねない。監視と対策は必要だ。

「それに関してですが、俺は一連のアンチ・コメントを見ていて感じている事があります」

「感じていること？」

燈子先輩が不思議そうに俺を見る。

「これらのアンチ・コメントは、特定の人間たちが意図的に書き込んでいるんじゃないかって事です」

「どうしてそう思うんだ？」

一美さんが尋ねる。

俺は準備して来たプリントの冊子をみんなに渡した。

「燈子先輩へのアンチ・コメントを書き込んでいるのは、主にこのＩＤの二十名ほどです。しかしこの二十名は書き込むクセや時間などから見て、一人の人間が複数のアカウントを使って書き込みをしている可能性が高いと思っています。よって実際にアンチ活動を行っているのは十人程度じゃないかと見ています」

「十人程度でこんなに批判コメントが目立つのか？」

「十人いれば十分ですよ。複数アカウントならば二十人分ですから。投票と違ってコメントの方はアカウントを複数作れますからね。しかもスマホで見れば一画面に表示されるコメントは六件程度です。連続で批判コメントを投稿すれば、けっこうコメント欄上は批判的な雰囲気を作れます」

「そうっすね。だって普通の人はコメントなんてしないし、好意的なコメントなんてよっぽどじゃないと書き込みしない」

石田が後に続く。

さらに俺は言葉を続ける。

「この連中はマイノリティ・インフルエンスを起こそうとしているんです」

「マイノリティ・インフルエンス？」

一美さんが聞き返す。

「はい。少数派の意見が、多数派の意見を圧倒して方向性を決めてしまう事です。少数派の意見でも『意見が一致団結している事』『主義・主張が一貫している事』『主張している人間がグループの中で発言力がある場合』は、多数派よりも集団に影響力を持つ事があるんです。これは実際の社会でもよく起こるそうです」

「あ～、言われてみると実際の話し合いなんかでも、発言力の強い数名がいると、大多数がその意見に賛成でなくても、結論がソッチに流されてしまう事はあるもんな」

「なるほどね」

燈子先輩も納得したように続ける。

「確かにその可能性はありうるわね。『黄金の三割理論』もそれに近いわ。少数派が三十五パーセント程度になると『連携してグループに影響を及ぼすことができる』って。だから企業でも役員の中に女性を三割以上入れる事を目標にしているって」

こういう話になると燈子先輩は強い。冷静さを取り戻してきているようだ。

俺は話を続けた。

「それにネットでは参加者全員の顔が見えないから、発言者の主張が強く表面に出がちです。これがリアルの場での話し合いなら、参加者の顔色や雰囲気で、発言者に必ずしも賛成してない事が解《わか》るんですけどね。結果として『悪意ある批判的なコメント』がネット上での総意のように見えてしまうんです」

俺の話を納得したように頷《うなず》いていた一美さんが顔を上げる。

「その『マイノリティ・インフルエンス』って話は分かったよ。それで具体的にはどう対策するんだ？」

俺は燈子先輩の様子を窺《うかが》った。今の彼女なら大丈夫だろう。

「もう少し様子を見ます。いま火消しに躍起になっても、単なるレスバトルで炎上が広がるだけだと思うんです。それよりもここでアンチの連中の批判コメントをある程度出し切った方がいいと考えます」

「今は様子を見るだけか？」

一美さんはちょっと納得が行かないみたいだ。ファイターだからな、一美さんも。

「ええ。もちろん極端な誹謗《ひぼう》中傷や名誉棄損に該当するものがあれば、その相手には後からでも法的措置とか検討します。既にＩＤと発言のログは取っているので、イザとなれば相手を特定できるでしょう。向こうもそこまでバカじゃないと思いますが」

「そうね、わざわざ騒ぎ立てる必要はないわ」と燈子先輩。

「でもアンチが三割を超えない程度にしたいですね。その場合はサークルのみんなや他の支持者にも、プラスのコメントをお願いすると思いますが」

「わかった。このゴールデン・ウィークで新歓キャンプと飲み会がある。その場でアタシからもみんなにお願いしよう」

今年の新歓キャンプは宿が取れなかったため、ゴールデン・ウィークの前半と後半に日帰りバーベキューをやる事になった。

そのタイミングで十分だろう。

「そうっすね。ゴールデン・ウィーク明けまで炎上が続くと、代表決定戦に影響が出そうだし」と石田。

「それにアンチを潰すなら一気にやる方がいいと思います。同じ人間が同じコメントを何度も出すのは、賛成・反対に限らず嫌われますから」

逆に言えば、アンチ派も同じ批判コメントは何度も書き込みづらいという事だ。

「よし、それで行こう。タイミングやなんかは一色君、君に任せるよ」

一美さんがそう言った。

全員の顔が晴れやかになる。

燈子先輩の表情も明るさが戻って来た。

ファミレスを出る時だ。

燈子先輩が「ちょっと」と言って、俺を駐車場の隅に引っ張った。

「一色君、今日は本当にありがとう。本音を言うと私、とっても不安だったし悲しかったの。『なんでこんな事、言われなくちゃいけないのかな』って。でも自分ではどうする事もできなくって……でも今日、君がこうして私のために色々と調べてくれていた事や考えてくれていた事が解って、とっても嬉しかった。私は一人じゃないんだって強く思えたよ」

俺はそれに強く頷いた。

「そうですよ、燈子先輩は一人じゃないです。それは最初にみんなで決めた事じゃないですか。俺や一美さんや石田、それにサークルのみんなだけじゃない。多くの人が燈子先輩を応援しています。一万以上のフォロワーがいて、燈子先輩を批判しているのなんて、たったの二十人です。〇・二パーセントなんて科学的に言えば誤差の範囲じゃないですか！」

それを聞いた燈子先輩は顔を上げてニッコリと笑った。

「そうだね。こんな事で気にして落ち込んでいたんじゃダメだよね。ウン、君のお陰で元気出たよ！　ガンバロ！」

そう言って右手を上げると、一美さんの車の方に戻って行った。

九　戦略家・一色優

ゴールデン・ウィークも後半に突入し……

燈子《とうこ》先輩に対するアンチの活動も激しくなっていた。

一番アンチが酷《ひど》いのが学内サーバにあるミス・ミューズの掲示板だ。

基本的に城都大生《じょうとだいせい》しかアクセスしない事もあり、この燈子先輩のページの掲示板にはかなりアンチの書き込みが多かった。

次に多かったのがWeTubeのコメント欄だ。「調子に乗ってる」「イメージダウン」などのコメントが散見される。

炎上しやすいと言われるトリッターにも、それなりのアンチの書き込みがあるが予想ほどではなかった。問題にするほどじゃないだろう。

リンスタグラムは「拡散されにくい」と言われている通り、マイナスのコメントはほとんどない。

よってアンチ対策はミス・ミューズの掲示板に絞る事にした。後は様子見だ。

俺はアンチへの第一対策として、『サークルでの新歓日帰りキャンプ』を利用した。

ゴールデン・ウィークの前半と後半に、それぞれ日帰りのバーベキューを行うのだが、ここでの燈子先輩の様子をSNSにアップしたのだ。

燈子先輩はミス・ミューズと関係なく、新歓イベントの一環として熱心に活動していた。バーベキューにも事前に用意していた料理やデザートを持ってくるなど、非常に積極的だ。当然、これらの行動はみんなに好意的に受け入れられている。

そして俺は「今日の写真や動画は、ミス・ミューズの燈子先輩のページにも上げておくから見て欲しい」とアナウンスしておいた。こうしてアンチの居る場所に誘導したのだ。

予想通り、参加者の多くが日帰りキャンプやバーベキューの楽しかった事や感想などを、コメント欄に書き込んでくれた。

途中「燈子信者の集まりかよｗ」みたいな書き込みもあったが、圧倒的多数の「燈子先輩への好意的コメント」の中に埋もれていき、いつの間にかアンチも発言しなくなっていた。

なお一美《かずみ》さん・美奈《みな》さん・まなみさん・綾香《あやか》さん・有里《ゆり》さんだけには「アンチが発生した時の燈子先輩への応援コメント」を依頼した。出来るだけ大勢で集中的に、と注文をつけて。

これら女性陣の力は大きかった。彼女たちの『女子ネットワーク』は繋《つな》がりが強い。

元々、燈子先輩の評判は悪くない。プチ炎上（と言うほどじゃないが）で一時支持率が下がっても、絶対的なアンチは少なかった。特に女子に人気が高いのが燈子先輩の強みだ。

その上『対、竜胆朱音《りんどうあかね》』という事で女性たちの戦意も高い。

誰かが「燈子先輩への悪意あるコメント」を発見すると、即座に火消しの書き込みがズラリと並ぶ。

俺はそのネットワーク作りを行った訳だ。

最初はそんな擁護コメントに対し、アンチは「燈子本人か信者の暗躍」と騒ぎ立てていたが、それも他コメントに埋め尽くされて行くと自然消滅していった。

元々炎上は「火付け役」に続いて「便乗組」が乗っかってくれないと炎上にならない。

そして便乗組は気まぐれだ。火付け役に加担する時もあれば、その反対側に味方する場合もある。場合によっては火付け役が非難の的にもなる。

こうして燈子先輩へのアンチ活動は激減した。

そんな中で一美さんが俺に尋ねた。

サークルの二回目のバーベキューの時だ。

「一色《いっしき》君は燈子に対するアンチは、組織的な動きだと思うって言っていたよな」

「そうですね。俺は少数の人間が意図的に行っていたと考えています。もちろん証拠なんて無いですけど」

「そうだとすると、それはどういうグループなんだ？　もしかしてミス・ミューズの他の女神の協力者っていう事か？」

「その可能性が高いと思っています」

「一色君は誰だと思っているんだ？」

一美さんが俺を覗《のぞ》き込むようにする。

俺はしばらく口を閉じた。軽々に誰かを疑うような事は口にしない方が良いかと思ったのだが……

「竜胆朱音か、カレンか？」

俺が思っていた事を一美さんが口にする。

「どうしてそう思うんですか？」

俺が確かめるように尋ねる。

「ミス・ミューズの九人の中で、もっとも燈子を敵視しているのがこの二人だろ。それに四位以下の人は燈子とはフォロワー数がかなり離れている。アンチ活動くらいで差が詰められるとは思わない。そうすると燈子とフォロワー数が近かったカレンか、そのすぐ上の竜胆朱音という事になる。特に竜胆は燈子に対して強烈に対抗心を燃やしてるらしいからね」

確かに現状を考えれば、その可能性が一番高いのだろう。だが……

「俺はカレンがそこまで陰湿な手を使うとは思いたくないんです。と言って竜胆さんに断定している訳じゃないんですけど」

俺はそう答えた。それにカレンはこの前、燈子先輩のフォロワー数が伸びない時にわざわざヒントをくれたのだ。

そんなカレンが今さら姑息《こそく》な手を使って、燈子先輩を貶《おとし》めようとするだろうか？

俺の答えを聞いた一美さんが腕組みをする。

「まぁ君にしてみれば元カノでもある訳だからな。あまり悪く思いたくない気持ちも解らなくはないが……だが今後もあの二人の動きには気を付けていて欲しい」

「そんな意味じゃないです。大丈夫ですよ。カレンを庇《かば》う気なんてサラサラないですから」

俺は少し憤慨しながらそう言った。

ゴールデン・ウィークが終わってからの大学初日。

一限の授業が終わった時、同じ授業を受けていた連中が俺の所に集まって来た。

「なぁ一色。おまえが応援している桜島《さくらじま》燈子と、去年のミス城都大の竜胆朱音が、次の代表戦で勝負しているんだって？」

俺は一瞬ギョッとした。なぜコイツラが知っている？

「そんな驚いた顔をするなよ。ホラ、竜胆朱音がトリッターでコメントしてるぜ」

集まった一人が俺にスマホを見せた。

『私と桜島燈子は、ミス・ミューズの代表決定戦でどちらが上か勝負する事になった』

短い文章だが関心を集めるには十分だろう。

ゴールデン・ウィーク中ではなく、わざわざ授業が始まった日にコメントを公開したのは、注目を集めるためか？

「で、実際どうなんだよ。どっちが勝ちそうなんだ？」

別のヤツが聞いて来る。

「そんなの解《わか》るかよ。だけど俺は燈子先輩が勝つって信じてるよ」

「お〜、そうか。じゃあ俺も桜島燈子に一口賭けようかな？」

「一口賭ける？　どういう意味だ？」

疑問に思った俺が尋ねると、最初に声を掛けて来たヤツが答えた。

「今みんなで『誰がトップになるか』を賭けているんだよ」

「はぁ？　オマエラ、そんなことをしてるのか？」

「俺たちだけじゃない。学内のアチコチで盛り上がっているぞ」

「わざわざ大学とは別にトトカルチョのサーバも立っているくらいだ」

俺は頭をかかえた。まったくコイツラ、人の気も知らないで。

「で、現在の予想はどんな感じなんだ？」

「本命はやっぱり竜胆朱音だな。何と言っても二年連続ミス城都大っていうのは強い」

「対抗が桜島燈子だ。『陰のミス城都大』と言われ続けてきたからな。今までだって出場すればミス城都大は確実って言われていたくらいだ。彼女を本命に押す声も多い」

「単穴が蜜本《みつもと》カレンか。でも彼女には熱狂的なファンもついているからな。意外に逆転があるんじゃないかって見てる」

それぞれが丁寧に説明してくれた。

全く、つまらない事に労力を注いでいるな。

もっともこういうお祭りだから仕方がない面もあるが。

最初に説明してくれたヤツが俺の肩に手を掛けた。

「そんな訳で、三番人気の蜜本カレンの元カレであり、二番人気の桜島燈子のそばにいる一色なら、正確な情報を知っているんじゃないかと思ってさ」

他のヤツが俺に迫るように顔を寄せて来る。

「代表決定戦では『女神の最終自己PRと推薦者による応援演説』、それに一般学生から募集した『みんなからの質問に答える』形式の女神からのスピーチがあるんだろ？　その情報とか一色が掴《つか》んでいるなら教えてくれよ」

俺はそんな連中を振り払うように立ち上がった。

「俺は何の情報も持ってない。だけどさっきも言ったけど燈子先輩が勝てると信じてるし、そのために全力を尽くす。いま言えるのはそのくらいだよ」

俺はそう答えると、次の教室に行くために出口に向かう。

……やっぱり代表決定戦は注目度が高い。これは絶対に負けたくない。

そしてそれは……竜胆朱音も同じように思っているだろう。


その日のお昼の事だ。

石田《いしだ》が登録科目不備のため学生課に呼び出され、俺は一人で昼食を取ることになった。

まぁたまには一人で食事もいいだろう。

そして午後一の授業が休講となったため、俺は大学から離れた定食屋に行く事にした。

その店のエスカロップ（バターライスにポークカツを乗せてデミグラスソースを掛けた料理。元々は北海道の根室《ねむろ》の郷土料理らしい）がお気に入りなのだ。

それに代表決定戦についても、一人で考えてみたかった。

店に入ると最初に食券を買い、店内の一番奥のテーブルに座る。

店員さんが水を持って食券を取りに来た。

俺は水を一口飲んでからノートＰＣを広げる。

……今週の土曜までに票を集めないとならないんだよな……

この代表決定戦に投票できるのは基本的に城都大の学生だけだ。

ネット投票するためのログインも大学のメールアドレスがＩＤとなっている。よって一人で複数のアカウントは持てない。

フォロワー数では燈子先輩・竜胆朱音・カレンは約一万五千で、ほぼ横一線に並んでいる。

この内でどのくらいの人がウチの学生なのか？

どうすればもっとアピールできるのか？

他に票を持つ可能性のある人はいないのか？

竜胆やカレン以外の候補者の動きはどうなのか？

様々な事が頭に浮かんでくる。

……竜胆朱音やカレンは、今頃どんな手を打っているんだろうか？……

「あら、よく会うわね」

不意にそう話しかけられ、俺は目線を上げた。

そこにはさっきまで思い浮かべていた相手の一人、カレンが立っていた。

「お店も混んでいるみたいだし、ココに座るね」

カレンは俺の返事を待たずに、向かいの席に座る。

狭い二人掛けのテーブル席にカレンと向き合っている事になる。

カレンはやって来た店員に食券を渡した後で、ごく普通に話しかけて来る。

「優《ゆう》くんもこのお店に来るんだ？　ここ、エスカロップが美味《おい》しいんだよね」

だが俺はジロリとカレンを睨《にら》んだ。

「ヘタな芝居はよせよ。俺がココに居るって知っていて来たんだろ？」

いくらなんでもこんなに偶然会うなんて、しかも大学から離れた定食屋で会うなんて不自然すぎる。付け加えればカレンが好きそうなお洒落《しゃれ》な店でもない。

「アレ？　そんな風に思ってんの？　このカレンちゃんがアンタを追っかけてココに来たって？　ずいぶん自信があるんだね」

「自信とかじゃない。そもそもこの前に学食で会った時もおかしいと思っていたんだ。なんか最初から俺の様子を窺《うかが》っていた上での話し方に思えたからな」

「そんなの、偶然じゃないの？」

「この店は大学からはけっこう離れている。最寄り駅でもない。ウチの学生はこの店にはほとんど来ない。ましてや女子ならなおさらだ。俺だって石田もいないし、午後一の授業が休講だったから来れたくらいだ。それなのにカレンと偶然ココで出会うなんて出来過ぎているだろ」

「テヘッ、バレちゃった！」

カレンは舌をペロッと出して、自分の頭を小さくコツンと小突いた。

「俺の前ではブリッコは無駄だ。通用しない事は解っているんだろ」

「これは通用する・しないじゃなくって、自分の気持ちを整えるキャラ付けだよ」

カレンは平然とそう言い放つ。

「どうして俺がここにいるってわかったんだ？」

こうしょっちゅうカレンと会うんじゃ、落ち着いて作戦も考えられない。

「アタシのKGBの力を甘く見てもらっちゃ困るよ」

「なんだ、そのKGBってのは」

俺は水を飲みながら尋ねる。

「『カレンちゃん、頑張れ、BOYS』の略だよ」

ブッ。危うく吹き出す所だった。

コイツ、よく恥ずかしげもなく、こんな事を言えるな。

「なんだ、それ？」

「アタシを応援してくれる、頼りにな～る男子たち！」

なるほど、そう言えばコイツはサークルにいる時から、何人かの男子が取り巻きみたいにいたもんな。

あの頃の俺は彼氏としてそれが気分悪かったが、カレンに「あの人たちはトモダチ！」って言われると反論できなかった。

あの調子で学部とか、新しく作ったサークルでも『手駒となる男子たち』がいるんだろう。

「カレンに取り巻きが居る事は解ったよ。それで……」

「取り巻き、なんて俗な言い方じゃなくって『親衛隊』って言って欲しいな！」

俺の言葉を遮ってカレンがそう言いやがる。

……『親衛隊』の方が俗っぽいと思うが。

「その親衛隊だけど、どうやって操っているんだ？　まさか身体《からだ》で釣っているのか？」

ＳＮＳでもチョイ見せ写真で釣っていたくらいだ。コイツならやりかねない。

しかしカレンは「心外」とでも言いたそうな顔で両手を広げた。

「しっつれいね〜。そんなことしないよ。そもそもアイドルはファンの子とは寝ないんだよ」

アイドル？　オマエはいつアイドルになったんだ？

「じゃあその親衛隊は、純粋にカレンに対する好意だけで奉仕している、って事か？」

「そ。み〜んなカレンの事が大好きな男子たちだから」

可哀《かわい》そうに。みんなカレンに騙《だま》されているのか。

そう言う俺も、以前はその一人だった訳だが。

そう思っていたら、カレンが急に表情を変えた。

ブリッ娘《こ》の顔から、獲物を狙う蛇のような目つきに変わる。

「男を操るにはね、最後までシちゃダメなんだよ。一回でも寝たら『オレの女』って気持ちになっちゃうから。適当に付かず離れずで『まだ脈アリかな』って思わせてるくらいが丁度いいの」

ハハ、こう堂々と言われると逆に気持ちがいいな。

「ズルい女だな……」

俺は呆《あき》れながらも苦笑した。

だがカレンはそれを平然と受け流す。

「女なんてみんなそんなモンだよ。そう言う優だって、この手に引っかかっているでしょ？」

「俺がオマエと付き合っていた時の事を言っているのか？」

するとカレンは首を左右に振った。

「違うよ、今のアンタの事だよ。燈子は同じ手を使って、アンタを引き付けているって事」

俺はムッとしてカレンを睨んだ。

だがカレンは余裕の笑みを浮かべている。

「さっきの話、今の優と燈子の関係もピッタリ当てはまるでしょ？」

カレンは勝ち誇ったように言った。

「俺と燈子先輩はそんなんじゃない」

「それは自分が解ってないだけじゃない？　アンタは燈子に夢中。でも燈子はアンタに指一本触れさせない。それでいて時々甘い言葉を吐いてアンタを手放さないようにする。アンタには『もしかして脈アリかな？』って思わせておいて」

俺はカレンを睨んだ。

「そんな事ない」と強く言ってやりたいが、ここでいくら俺が主張してもムダだろう。

『傍《はた》から見たら俺と燈子先輩の関係はそう見える』と言われれば終わりだ。

そして……俺自身にもずっと心の中でわだかまっているものがあるのだ。

いや、別に『燈子先輩が俺をキープしている』とか、そんな事は思っていない。

ただ俺自身『この先、燈子先輩とどう付き合っていくつもりなのか？』が解らないのだ。

二人の関係は既に先輩後輩の間柄ではない、と思っている。

だが恋人同士とまでは、とてもじゃないが言えない。

俺はこの先、どうすればいいのか？

「そんなに睨まないでぇ〜。カレン、怖くなっちゃう〜」

カレンは両拳を口元に当てて肩を竦《すく》める『ブリッ娘ポーズ』で俺を茶化《ちゃか》す。

「だからそのブリッ娘はやめろって言ってんだろ。それより何の用だよ」

もう前置きはいいから、早く本題に入ってくれ。

わざわざ取り巻きに俺の行先を調べさせて出向いて来たのだ。何かしらの用件があるのだろう。

コイツとこんな所で、出来の悪い漫才を繰り広げるつもりはない。

その時、俺が注文したエスカロップが運ばれて来る。

ほぼ同時にカレンのエスカロップもやって来た。

女子が食べ切るにはキツイ量だ。

「燈子のアンチ対策はうまくやったみたいだね」

カレンがエスカロップを突《つつ》きながらそう言った。

「アレってやっぱりオマエのせいか？」

しかしカレンは即座に否定した。

「違うよ。アタシは何もしていない。まぁ、もしかしたらカレンの知らない所で、ＫＧＢの誰かがやっていたかもしれないけどね。少なくともアタシは直接の関係はないよ」

この言葉に嘘《うそ》はなさそうだ。

「すると竜胆朱音の仕掛けなのか？」

俺はエスカロップに乗った薄切りカツを一切れ口に運んだ。

「その可能性は高いだろうね。竜胆朱音の親衛隊はアタシなんかとは比べ物にならないし。何よりも竜胆自身が燈子を死ぬほど嫌っているから」

カレンもバターライスを口にする。

「竜胆朱音はどうしてそこまで燈子先輩を敵視するんだ？　仮にもミス城都大の二連覇なのに」

「だからこそだよ。その間ずっとアノ女は『燈子が出場していれば、竜胆朱音のミス城都大はなかった』って言われてきたんだよ。そんなの腹が立つに決まっているじゃん。しかもあの人はプライドがメチャメチャに高いしね。燈子に対してはらわたが煮えくり返っているよ。呪いの藁《わら》人形を仕掛けていてもおかしくないね」

「それで燈子先輩をこのミス・ミューズで叩《たた》きのめそうとしているのか？」

「まぁそんな所。今度の代表決定戦で燈子に勝てば、竜胆朱音は名実共に『城都大女子の中でトップ』って言い切れるからね。そのためなら何でもするよ、アノ女は」

カレンの口調の節々に、竜胆朱音に対する反感のようなものを感じる。

だがカレンが竜胆を嫌っているとしたら、一つ腑《ふ》に落ちない所があった。

「だけどカレン。最初に燈子先輩をミス・ミューズに誘い出したのはカレンだよな？　竜胆朱音は関係ないんじゃないのか？」

するとカレンは俺を見て「ニヤ～」っと笑った。なんだか薄気味悪い。

「さぁ、どうだろうね。ただアタシと竜胆朱音は同じ学部の先輩後輩だしね。繋《つな》がりがあったとしてもおかしくないんじゃない？」

「どういう意味だ？　オマエは何を考えて……」

そこでカレンは「パン、パン」と手を二回打ち鳴らした。

「その話はここでお終《しま》い。それよりももっと重要な事があるよ」

「なんだ、重要な事って」

「アンタはアンチ対策で上手《うま》くいったつもりかもしれないけど、竜胆朱音はそんな甘い相手じゃないって事。あんなの、きっと序の口だと思うよ」

「つまり竜胆朱音はまだ何かを仕掛けて来るって事か？」

「そう思っていた方がいいんじゃない？　おそらくそのくらいの執念は持っているだろうし、ミス城都大二連覇の肩書は伊達《だて》じゃないからね」

「なんだよ、その言い方。まるで二連覇に何か裏でもあるみたいな……」

そう言いかけて、俺はハッとした。

そんな俺をカレンは静かに、しかし真剣な眼差《まなざ》しで見つめた。

「アタシだって確定的な事は知っている訳じゃないよ。でも何かバックがあってもおかしくないかもって話。竜胆を応援しているサークルって、過去に何人かミス城都大も出しているしね。疑ってかかって損はないんじゃない」

いつの間にやらカレンはエスカロップを食べ終わっていた。

コイツ、けっこう大食いだったんだな。

カレンが「じゃあアタシは行くね」と言って立ち上がったのを、俺は呼び止める。

「この前も聞いたけど、カレンはなぜ俺にそんな事を教えてくれるんだ？　カレンは俺たちの敵なのか、味方なのか？」

するとカレンは俺に鋭い一瞥《いちべつ》をくれた。

「アタシもこの前、言ったよね。『燈子にミス・ミューズをかき回して欲しい』って。それ以外に大した意味なんてないよ」

そして再び『きゅる～ん』といったブリッ娘フェイスを作り、人差し指を顔の横に添える。

「それにカレン、竜胆さんは学部の先輩だし、燈子さんも元サークルの先輩だから。みんなで楽しくミス・ミューズに参加したいんだ！」

そう言ったかと思うと、俺に背を向けた。

俺はそんなカレンをただ唖然《あぜん》と見送っていた。


カレンの話を聞いた後、俺は過去十年分のミス城都大のミス・準ミスの受賞者を調べた。学部学科、ゼミ・研究室、所属するサークルや部活など。

幸いな事に五年前までくらいは、ミス城都大の候補者のSNSアカウントも残っていたため、そこから交友関係などを割り出す。

カレンは、竜胆朱音が二年連続でミス城都大に選ばれた事は、何か裏があるような言い方をしていた。

……過去のミス城都大では、どうやって優勝者を決めていたのか……

俺はさっそく一美さんに連絡を取り「去年までのミス城都大はどうだったのか？」を聞いてみた。

一美さんもあまり詳しくないという事で、詳しい人を紹介すると言う。

俺は五限の授業が終わってから、大学近くのコーヒーショップで待ち合わせた。

しばらくすると燈子先輩が、少し遅れて一美さんと一人の男性がやって来た。

「こちらはゼミの先輩で、いま大学院一年の三浦《みうら》さん。学部の時までマスコミ研究会に所属していて、ミス城都大の運営にも関わっていた人なんだ」

そう一美さんが紹介すると、三浦さんは燈子先輩に向かって軽く手を上げた。

「やあ久しぶり、燈子さん。今年はミス・ミューズに参加したんだって？　みんなその噂《うわさ》で持ち切りだよ」

「お久しぶりです、三浦さん」

燈子先輩は丁寧に頭を下げる。

次に三浦さんは俺に目を向けた。

「ソッチの彼は初めてだよね」

「はじめまして。理工学部二年の一色優です」

三浦さんは俺の正面に腰を下ろした。

ちなみに俺の隣に燈子先輩、その向かいに一美さんだ。

「それで何を聞きたいんだって？」

三浦さんが燈子先輩を見ながら、そう言った。

いや、聞きたい事があるのは燈子先輩じゃなくて俺なんだけど。

「去年までのミス城都大について教えて欲しいんですが」

「去年までのミス城都大について？　それって具体的にはどんなこと？」

三浦さんは怪訝《けげん》な顔をした。

俺も返答に詰まる。まさか露骨に「ミス城都大って裏で不正とかあったんですか？」とは聞きづらい。

ましてやミス城都大の運営に関わっていた人なら、そんな聞き方をされたら不愉快だろう。聞けるものも聞けなくなってしまう。

「どうやってミス城都大を決めたのか、それについて聞かせて貰《もら》えれば」

「う〜ん、それくらいならサークルの先輩にでも聞けば解《わか》りそうだけど」

三浦さんがそう前置きした。

「候補者については自薦か他薦だね。あと『この人には出て欲しい』って思えば、運営の方から声掛けもあるよ。燈子さんにも何度も参加依頼を出したよね」

三浦さんが燈子先輩の方を見た。

燈子先輩は「ええ」と短く答える。もしかして燈子先輩は三浦さんが苦手なのか？

「それでファイナリストを何人かに絞って、その中からミス城都大を決めるんですよね？」

「そうだな。毎年だいたい十人ぐらいのファイナリストを選ぶね。それで学園祭の時にミスと準ミスを発表する」

「その決め方はどうするんですか？　投票だけじゃないって聞いてますけど」

「ネット投票も参考にするけど、最後は審査員同士の話し合いだったね。これが中々意見が纏《まと》まらなくて大変でさぁ。深夜まで会議とかザラだったよ」

三浦さんは話好きなようだ。うまく話を向ければどんどん喋《しゃべ》ってくれる。

「と言う事は発表がある大学祭当日じゃなくて、事前にミス城都大は決まっているって事ですか？」

「そうだね。当日決定ってけっこう大変な上、揉《も》める原因になるんだよ。他の大学では大学祭当日に会場投票で決める所もあるけど、それだと会場内の席を大きなサークルが占有しちゃう事もあるだろ。それでトラブルになる事もあるらしいしね」

なるほど、そういう事か。

だが審査員だけで密室で決めるというのも、揉め事の原因になると思うんだが。

「審査員はどうやって決めるんですか？」

「基本はサークル協議会のメンバーだね。各サークルの代表で成り立っているから、一番揉め事が少ないんだ」

俺は三浦さんの表情や仕草を観察した。嘘を言っている様子はない。

だがカレンは「何かバックがあってもおかしくない」と言っていた。あれは単なる想像ってことか？

「そうは言っても、やっぱりミスコンに熱心なサークルと、そうでもないサークルはあるからね」

何気なく発した三浦さんの言葉に、俺は反応した。

「それってどういう事ですか？　ミスコンに影響力を持つサークルがあるって事ですか？」

「そうだね。漫研とか吹奏楽とかはミスコンに興味がないし、文芸部はミスコンに反対していたしね。ボディビルやワンダーフォーゲルとかはそもそも女性部員が少ない。だから審査員なんて面倒な事をやりたがらないよね」

「逆にミスコンに積極的だったのは、どのサークルだったんですか？」

「俺がいたマスコミ研究会は熱心だったよ。ただミスコンの元締めみたいな立場だったから『自分たちの所からは候補者は出さない』って暗黙の了解だったんだ。それ以外で熱が入っていたのは、広告研究会・イベント企画研究会・美容サークルの三つかな」

「その三つからは審査員が出ていた？」

「そうだね。毎回じゃないけど出ている事が多かった。ここ五年くらいは三つとも審査員が出ていたんじゃないかな」

三浦さんは本当におしゃべりだ。まるで「誰かに聞かれるのを待っていた」とでも言わんばかりに話してくれる。

そこで俺が得た感触は「ミスコン自体が不正を行ってはいない」という事だ。

ミス城都大の運営側が不正をしていたら、いくら三浦さんでもこんな風にベラベラ俺に話したりはしないだろう。

むしろ色々と聞いて来る俺を警戒して避けるはずだ。

そうして三浦さんは、一つの情報をもたらしてくれた。

「そうそう、今年のミス・ミューズの審査員は、過去五人のミス城都大だそうだぞ」

「過去の受賞者五人？」

俺が聞き返すと、三浦さんは

「そう。もうみんな卒業しちゃってるけどね。もちろん竜胆朱音より前の五人だよ」

と物知り顔で答える。

「どの年度のミス城都大かわかりますか？」

「さっき言ったように竜胆朱音より前の直近五人だよ」

……するとあの人たちか……

俺は頭の中で、該当する五人を思い浮かべていた。

これは俺にとってチャンスかもしれないな？

「彼女たちも色々だよなぁ。テレビ局の女子アナ、フリーアナウンサー、化粧品会社、出版、アパレル。みんなミスコンを上手く就活に使ったと思うよね」

懐かしそうに話す三浦さんに、俺は言った。

「すみません、三浦さん。お願いがあるんですけど……」

その後、俺たちはしばらく三浦さんの話を聞いて、店を出た。

三浦さんは「ミスコンでいかに苦労したか」を語ったが、俺には「軽い自慢」っぽく聞こえた。

最後の方は「まだ話し足りない三浦さん」を押《お》し留《とど》めるようにして会談を打ち切る。

その後に俺と燈子先輩と一美さんは、船橋《ふなばし》駅で降りてケーキショップに入った。

大学の近くでは、誰に話を聞かれるか分からないためだ。

「それで一色君は、なにか摑《つか》めたのか？」

最初に口を開いたのは一美さんだ。

「そうですね。重要な情報は三つあったと思います」

俺は頭の中を整理しながら話し始める。

「まずは『ミスコンの運営自体は不正をしていない』という事。もし運営側に不正があれば、あんな風にベラベラ喋らないはずです」

「それはそうだろうな」と一美さん。

だが燈子先輩は疑問ありげな顔をした。

「『運営は』と言ったって事は『他では不正があるかもしれない』っていう意味？」

「その確証は得られませんでしたが、手掛かりはありました。ミスコンの審査員には特定のサークルが多く入っていたって事です」

「運営に不正はなくても、審査には操作が入り込む余地があったって事ね」

「それをこれからハッキリさせたいと思っています」

しかし一美さんが怪訝な顔をした。

「それを確かめる事には意味はあるのか？　だって昔のミスコンの話だろ？　今回の審査員はサークルから出すんじゃなくて、歴代のミス城都大から選ばれるんだ。関係ないんじゃないか？」

「そうでしょうか？　過去のミスコン優勝者が所属サークルの支援を受けているなら、間接的にそのサークルが影響力を及ぼすっていうのはあると思うんですが」

燈子先輩が納得したように言う。

「それで一色君は三浦さんに『審査員になる歴代のミス城都大の連絡先を教えて欲しい』って言ったのね」

「はい、さすがにそれは個人情報だから教えられないって断られましたけどね」

あの三浦さんもそこまで口が軽くはなかった。ただ「一色君の連絡先は伝えておくから、オッケーだったら先方から連絡が来ると思うよ」と約束してくれた。

一美さんも苦笑する。

「あれは断られても仕方ないよな。でもアタシの方からもプッシュはしておくよ。それで他の重要な情報っていうのは？」

「いま言った話です。『ミス・ミューズの審査員は歴代ミス城都大の五人』という話。それから過去の審査員には、広告研究会・イベント企画研究会・美容サークルの三つから出ている事が多いという話」

「運営に不正はない。だがミスコンの審査員には三つのサークルが影響力を及ぼした可能性がある。そして今回の審査員は歴代ミス城都大の五人である……」

燈子先輩が考えるような顔をした後、俺を見た。

「一色君の考えている事は解るけど、まだこれだと決定打にはならないわね」

「そうですね。それに竜胆朱音が何かを企《たくら》んでいたとしても、それを阻止する方法は見えてきませんしね」

「とは言え、相手のバックに何があるかは知りたいわね。そうでないと相手の打つ手が読めない」

燈子先輩が拳を顎に当てて、キュッと唇を噛《か》んだ。

「ところでこの場合、カレンの立ち位置っていうのはどうなんだ？」

そう聞いたのは一美さんだ。

「カレンですか……」

俺もそれには答えがなかった。

と言うかカレンの考えている事が解らないのだ。

カレンが燈子先輩をミス・ミューズに引っ張り出した事は間違いない。

だがその意図が解らない。燈子先輩がミス・ミューズに出る事は、カレンにとってマイナスにしかならないはずだ。

現に燈子先輩とカレンはフォロワー数で二位を争っている。おそらく投票でも競っているだろう。

そして今回の事でヒントをくれたのもカレンだ。

それでいて、アイツは竜胆朱音と繋《つな》がりがあるような事を仄《ほの》めかしている。

捉えどころがない……それが俺の意見だ。

元々気分次第で動くヤツだったが、ミス・ミューズに関しては考えがあるはずなのに。

考えこんでいる俺を見て、一美さんが言った。

「一度、一色君の方からカレンに連絡を取ってみたらどうだ？　腹を割って話してみれば何かわかるかもしれないだろ」

燈子先輩の目が微妙な感じで一美さんを、そして俺を見る。

「どうでしょうか？　アイツは俺に本音なんて話さないと思うんですが」

「だけど君はカレンの元カレだろ？　関係は壊れても話し方や表情で、何かが掴めるかもしれない」

でもアイツは息をするように嘘《うそ》をつくからなぁ……

燈子先輩が「ハァ」と小さいタメ息を漏らした。

「そうだね。一度カレンさんと話してみるのもいいかもね。今の彼女は一色君を憎からず思っているみたいだし」

そう言った彼女の口元は強張《こわば》っているように見えた。


何かが動く契機って、連続して訪れるのかもしれない。

翌日、石田と一緒に学食で昼食を取っている時だ。

「メシの後、学生課に行きたいんだけど付き合ってくれないか？」

「いいけど。学生課に何の用だ？」

「明華《めいか》のヤツがさ、来年はウチを受験するからオープン・キャンパスに参加したいって言っているんだ」

「そうか、もう明華ちゃんも高三だもんな。考えてみると早いよな。俺たちがついこの前まで高三だったのに」

「俺たちはオープン・キャンパスとか行かなかったよな」

「確か『行ってみようか』って話した時は、申込期間が終わっていたんじゃなかったっけ？」

　俺のその言葉に石田が頷《うなず》いた。

「そうだな。それで明華が言うには五月と八月の両方に高校生向けのオープン・キャンパスがあるらしいんだ。八月は暑いから行くなら五月がいいんだってさ」

「なるほどね」

　そんな話をし、食事が終わった俺たちはさっそく学生課に向かった。

　パンフレットを貰《もら》った石田が、

「まぁ申込自体はＷＥＢだから、パンフレットは必須じゃないんだがな」

と独り言のように言う。

「ちょっと見せて」

　石田は俺にパンフレットを差し出した。

「へぇ～、日程は今度の土曜か」

　そう言った次の瞬間、俺の目はある部分に吸い寄せられた。

「ってコレ、春祭の日だよな。ミス・ミューズの代表決定戦の日じゃんか」

「え、どれどれ」

　石田も覗《のぞ》き込む。

「お～本当だ。学校見学の後にクラブ紹介・サークル紹介があるって書いてある。ミス・

ミューズについても紹介されているじゃん」

俺はそのさらに下に書かれている一文に注目した。

「しかも『未来の城都大生になる皆さん、ミス・ミューズに投票してみませんか？』って書かれている。これってオープン・キャンパスに参加した高校生も投票できるって事じゃないのか？」

「そうだな、これはそういう意味に取れるよな」

俺は石田を見た。

「このパンフを明華ちゃんに渡す時、俺も一緒に話したいんだけどいいかな？」

「そうだな。明華も投票できるなら、少しでも協力して貰おうか」

「それで私に連絡くれたんですか？」

明華ちゃんは不満そうに、ドリンクのストローを咥《くわ》えた。

パンフレットを見た俺たちはさっそく明華ちゃんに連絡をして、その日の内に地元で会う事にしたのだ。

「まぁそう言うなよ明華。オマエだって優に会いたがっていただろ？」

「会いたがっていたって、こんな理由じゃないんだけど」

明華ちゃんが横を向く。

イカン、このまま行くと逆効果だ。

「ごめん、明華ちゃん。でもどうせこの日のオープン・キャンパスに参加するんなら、ついでにミス・ミューズにも投票して欲しいなって」

「投票するって、燈子さんにですよね？」

いかにも「乗り気じゃない」といった感じの明華ちゃんだ。

「ま、まぁ、そういう事になるかな」

俺は愛想笑いしながら答える。

「そもそも私一人が投票したぐらいじゃ意味ないですよね。それにオープン・キャンパス参加の高校生は一票にならないんでしょ？」

その点を俺たちは運営に確認して、先ほど明華ちゃんに説明したのだ。

オープン・キャンパスでやって来た高校生にも「大学生活の雰囲気を味わってもらおう」という趣旨で、「未来の城都大生による投票枠」というのが設けられたらしい。

厳密にはこの投票は一票にはならないが、参考値として加点はされると言う。

とりあえず俺たちとしては、やれる努力は全てやるしかない。

「そう言うなよ、明華。わざわざ優がこうして頼んでいるんだよ」

石田は「優が」という部分を強調した。

それ、しなくていいと思うが。

明華ちゃんが「はぁ」というタメ息と共に答えた。

「解《わか》りました。オープン・キャンパスの日に燈子さんに投票します」

「良かった！　ありがとう！」

思わずそう言う俺に、明華ちゃんの目が光った。

「その代わり、一つ条件があります。それを聞いてくれますか？」

条件？　何を言い出すんだろう。

「き、聞ける事なら……」

「簡単な事です。もうすぐ中間試験があるので、私に勉強を教えて欲しいんです」

俺はホッとした。

「なんだ、そんな事か。もちろんオッケーだよ」

「その場所は優さんの家で。二人っきりで教えて下さい」

「え、俺の家で、二人っきりで？」

思わず俺は石田の方を見てしまった。

石田も目を丸くしている。

「嫌ですか？」

明華ちゃんがまるで脅迫するような目でそう言う。

「い、嫌じゃないけど」

「その代わり、私も友達と一緒に行くので、彼女たちにも燈子先輩に投票するようにお願いします」

「わ、わかった。助かるよ」

すると明華ちゃんはニッコリ笑った。

「それじゃあ、これで契約成立ですね！」

「う、うん」

しどろもどろになる俺に石田が言った。

「とりあえず、親には内緒にしとくわ」

十 竜胆朱音に会う

俺は秋葉原《あきはばら》のカラオケ店に入った。
メッセージで指定されている番号の部屋の前に立つ。
一つ深呼吸をすると、部屋のドアを開いた。
途端にカラオケのミュージックと、女性のハイトーン・ボイスが耳に飛び込んでくる。
中に居るのは女子一人だけ。
カレンだ。
俺は無言で部屋に入ると、カレンとはテーブルを挟んで反対側の丸イスに腰掛けた。
カレンは人気の女性シンガーの歌を歌っている。ネットから火が付いた曲だ。
歌っている最中に話しかけるのも無粋なので、俺は黙ってそれを聞いていた。
やがて曲が終わると、カレンは俺を振り向いた。
「どう？　久しぶりに聞いたカレンちゃんの美声は？」
そう言ってニッコリ笑う。
そんな笑顔を見ると、さすがの俺も『カレンと付き合っていた頃の楽しかった思い出』

を思い出してしまう。

もっともカレンは最後の方で「いつもゲーセンかカラオケばっかりでつまんない」と不平をこぼしていたが。

「上手《うま》いんじゃないか」

俺は当たり障りのない返事を返した。

「そんなんじゃなくって、もっと他の感想はないの？」

「他の感想って？」

「昔を思い出して『カレンちゃん、愛《いと》しい～』とか『思わず抱きしめたくなった』とか」

さっき一瞬だけでも胸に浮かんだ感情が、それを聞いて吹っ飛んだ。

「ある訳ないだろ。それに昔を思い出したら、もれなくその後で怒りの記憶がくっついて来るんだよ」

今日はカレンに聞きたい事があって来たのだ。

だからここでカレンの機嫌を損ねる事はマイナスにしかならないのだが、俺はそう返さざるをえなかった。

「チッ、つまんねーヤツ！」

カレンはそう言うと、テーブルの上のドリンクに手を伸ばした。

「ここの料金はアンタ持ちだよね？」

「それくらいはな」

「それでアタシに連絡して来るなんて、何を聞きたいの？」

カレンの方から本題に入ってくれた。

「カレンは代表決定戦の審査員が誰だか知っているのか？」

「竜胆朱音《りんどうあかね》の前に選ばれた、ミス城都大《じょうとだい》の五人でしょ」

事も無げにそう言う。

「面識はあるのか？」

「なんでそう思うの？」

「なんとなく、かな」

そう答えた俺だが、自信はあった。

カレンが竜胆朱音と繋《つな》がっているなら、そして竜胆と審査員が繋がっているなら、カレンも面識くらいはあるんじゃないかと思っていたのだ。

「まあね。三人とは話した事くらいはあるよ」

……その三人が竜胆と繋がりがあるって事だな……

俺は確信を得た。

「その三人の連絡先を教えてくれないか？」

「なんで？　ナンパでもするつもり？」

カレンは冗談めかして言っているが、そうではない事ぐらい解っているはずだ。

「カレンが前に言っていただろ。気を付けろって。その予防線の一つとしてね」

「それをアンタに教えて、アタシに何か得はある訳？」

「得があるかどうかは分からないが、燈子《とうこ》先輩の不利が減るのは確かだよ」

……カレンは、燈子先輩と竜胆朱音を競い合わせたがっている。

これが俺の辿《たど》り着いた結論だ。

その事でカレンにどんなメリットがあるのかは、想像でしかないが。

カレンが俺の思考を読もうとするかのように、じっと見つめて来た。

俺もカレンの目を見つめる。

やがてカレンがフッと笑った。

「いいよ。教えてあげる。だけどその代わりに交換条件があるの」

「交換条件？　どんな事なんだ」

カレンの事だからタダでは教えないと思っていたが……どんな条件を出してくるんだ。

「アンタが竜胆朱音に会う事」

「俺が？　竜胆朱音に？」

予想外の注文に、思わず俺は聞き返してしまった。

「そう、彼女がアンタに会いたいんだってさ。連れて来るように言われているんだよ」

いったい俺に何の用だろう。

俺は戸惑っていた。だが考えようによっては、コレはチャンスかもしれない。竜胆朱音と接触する事で、向こうの出方について何か解るかもしれない。

「解ったよ。いつ行けばいい？」

するとカレンは立ち上がった。

「今から。アタシとアンタが会う事を竜胆朱音は知っているしね。すぐ連れて来るように言われているの。もう代表決定戦まで時間もないから」

俺とカレンは赤坂見附《あかさかみつけ》に向かった。

高級ホテルのカフェ（ラウンジかもしれないが、俺には高級すぎてよく解らない）に入る。

昼間っからこんな高級ホテルのカフェにいるなんて、竜胆朱音の家は噂《うわさ》通り金持ちなのだろう。

「竜胆さん、連れて来ました〜」

カレンが窓際席に座る『ゴージャス』という言葉が似合う美女に、軽い言葉をかけた。

栗色《くりいろ》に染めた長い髪、その前髪の一部がゆるやかに片目を隠している。身にまとっているのは、身体《からだ》の線が判《わか》るような薄手の紫色のワンピースで、スカートのスリットは深く切れ込み、太腿《ふともも》まで見えそうだ。カレン曰《いわ》く「竜胆朱音は自分のイメージカラーを持っていて、それが紫色」という事だ。

今までネットの写真か遠目にしか見た事がなかったが（前回カフェで見た時はほとんど後ろ姿だった）、近くで実物を見るともっと圧巻の美人だ。

彼女は俺たちに目もくれず、ティーカップを口にしたまま、

「ご苦労様」と一言言っただけだ。

……人を呼び出すために頼んでおいて、この一言だけなのか？……

竜胆朱音は他人を顎で使う事に慣れている、いや当然だと考えているのか。

俺は思わずカレンの様子を窺《うかが》う。

だがカレンは特に気にした様子はないようだ。

「それじゃあ、カレンはこれで行きますね。話はお二人でごゆっくり」

そう言って愛想のいい笑顔を振りまいて立ち去って行く。

その笑顔を竜胆朱音が見ているかは微妙だが。

「突っ立ってないで座りなさい。そんな所にいたら邪魔よ」

まるで俺を使用人か何かのように言う。

不満を感じたが、言われた通り彼女と反対側のイスに座った。

目の前のテーブルには豪華なティーセットと、三段式のケーキスタンド、スコーンが入ったバスケットなどがあった。

こういうのを英国式アフタヌーン・ティーって言うんだろうか。

俺がテーブルに座ると、ウェイターが黙って新しいティーカップとティーポットを持って来た。

入れてくれたのはミルクティだ。

俺はその間、竜胆朱音の様子を窺っていた。

こうやって間近で正面から見るのは初めてだ。

ハッキリとした目鼻立ち、陶器のような滑らかな白い肌。

東洋系だが日本とは異なる、どこか異国的な雰囲気を持っている。

なるほど、燈子先輩とは質が違うが確かに美人だ。

俺は中国の美人女優を思い出していた。

変わったワンピースを着ていて、肩は露出しているが瀟洒《しょうしゃ》なアームカバーを着けている。

チャイナ襟に続く胸元部分は広くレースになっていた。そのせいでドレスのようにさえ見える。

そして何より……圧が凄《すご》いのだ。

ただ黙って座っているだけなのだが、なんだろう……「私はアナタとは違う存在なのよ」とでも言いたげな雰囲気が濃厚に伝わって来る。

一緒に居て息苦しく感じるくらいだ。

……中世の貴族って、こんな雰囲気だったんだろうか……

俺はそう思わざるをえなかった。

「あなたが一色優《いっしきゆう》ね」

確認するようにそう尋ねる。

「はい」

「ふ～ん」

竜胆朱音が初めて俺を正面から見た。

「野暮《やぼ》ったい子かと思ったら、顔立ちとかはキレイじゃない。桜島燈子《さくらじま》が鴨倉哲也《かもくらてつや》から乗り換えたって話は、満更嘘《うそ》ではないみたいね」

俺は顔をしかめた。嫌な言い方をする人だ。

「鴨倉さんを知っているんですか？」

俺は相手の出方を見るため、とりあえずそう振ってみた。

そのまま紅茶を口に運ぶ。

「一度寝たわね」

「ッ!!!」

危うくムセそうになった。

初対面の相手に、いきなり何を言ってんだ、この人。

しかも「顔は知っている」と同レベルの言い方で。

「自分をカッコイイと思っている男のセックスって、つまらないのよね。口で言うほど大した事なかったわ」

俺たちが『評判のラーメン屋が期待ほどじゃなかった時』のような言い方だ。

おっかねぇな、この人。あんまり長く話していたら毒されそうだ。

「俺に何の用ですか？」

早々に目的を聞く事にする。

「私の指示に従いなさい」

彼女は「そうするのが当然」のように口にした。

『燈子先輩の情報を寄越《よこ》せ』とか『代表決定戦で燈子先輩を妨害しろ』でもなく、だ。

……つまりこの人は、一つ二つの事ではなく、全てにおいて自分の命令に従えと言っているのか？……

呆気《あっけ》に取られる俺を見て、竜胆朱音が続けた。

「今度の代表決定戦、桜島燈子は負けるわ。アナタも色々と頑張っているみたいだけど、全てムダに終わるでしょうね」

余裕タップリにそう言いきった。

「どうしてそんな事を言い切れるんですか？　代表決定戦はこれからですよね」

「私にはそれだけの実力があるから。色んな意味でね」

そう言ってまるで見せつけるように脚を組み替えた。長いスリットのあるスカートのため、太腿のかなり上の方まで見えている。

「だからアナタは、今の内に私の下に来た方がいいでしょ」

「そのために燈子先輩に、仲間の振りをしたまま妨害しろって事ですか？」

「方法は任せるけど、アナタがそう思うならそういう方法でもいいわ」

彼女はそう言ってケーキスタンドの最上部にある小さなスイーツを一つ手に取った。

「どうして俺にそんな事を頼むんですか？」

彼女はスイーツを口に入れる。

「頼んでいるんじゃない。アナタに道を示してあげたのよ。アナタにメリットのある道をね」

「俺にメリット？　いったいどんなメリットがあるって言うんですか？」

俺は苛立《いらだ》ちを抑えながら、そう聞いた。

「私のそばに置いてあげるわ」

彼女は指先だけをペロリと舐《な》めながら、怪しい笑顔でそう答えた。

思わず背筋がゾクリとする。

妖艶、と言ったらいいのだろうか？

同時に何か冷たい雰囲気を感じる。

まるで小さい子供が、その時の気分でペットを欲しがるかのような感じだ。

硬直している俺に、竜胆朱音は続けた。

「私もアナタに興味が出て来たわ。アナタは磨けばもっと光る男よ。私が磨いてあげる。そうすれば私のベッドの相手も出来るかもしれなくてよ」

この人の言葉、まるで催眠術を掛けるかのように頭に染み込んでくる。

前に綾香《あやか》さんたちが「自分に使える男か使えない男かで態度が違う」と言っていたが、彼女が「使える」と思った男はこの調子で籠絡しているんだろうか。

「いえ、けっこうです」

俺はその雰囲気を振り払うようにハッキリと口にした。

竜胆朱音の目が険しくなる。だが俺は言葉を続けた。

「そもそも燈子先輩が絶対に負けると言うなら、竜胆さんはなぜ俺にそんな事を言うんですか？　そんな必要はないはずでしょ」

「さっき言ったわよね。アナタに道を示してあげたと」

「違いますよね？　竜胆さんは燈子先輩が怖いんだ。自分でも負けるかもしれない、そう思っているんです。だからわざわざこんなマネをして、俺をスパイに引き入れようとしている」

竜胆朱音の目に危険な光が灯《とも》る。

「私の差し伸べた手を振り払うつもり？」

「ええ、その手は邪悪な上、敗北に繋《つな》がる手ですから。それに俺はペットになるつもりはありません」

そう言って俺は立ちあがった。

「後悔するわよ」

「まるで映画の悪役の台詞《せりふ》ですね。でも大丈夫、俺たちが後悔する結果にはなりませんよ」

俺はそう言うと、後は後ろを振り返らずに出口に向かった。

俺が店を出ると、エレベーターの前にはカレンがいた。

「俺を待っていたのか？」

俺が尋ねると、カレンはニッコリと営業的なスマイルを返す。

「う〜ん、優くんの事が心配になっちゃってぇ〜」

「だからそのブリッ娘《こ》、やめろって」

「で、どうしたのよ？」

カレンが急に素に戻る。

「もちろん断った」

俺はエレベーターの「下へ」のボタンを押した。

「見込み通りね。アンタの『燈子一神教』なら、そうなると思っていたわ」

「解《わか》っていたなら、俺をここに連れて来る必要は無かったんじゃないか？」

「だぁ〜って、カレン、竜胆お姉さまには逆らえないんだもん」

そう言っている内に、エレベーターがやって来た。

乗り込むと俺たち二人だけだ。

「それじゃあ約束通り」

カレンがスマホを差し出す。そこには『カレンが知っているという、審査員三人のSNSID、電話番号、メールアドレス』が表示されていた。

俺はその三人の連絡先をカメラで写し取る。

ホテルを出る時、最後にカレンに尋ねた。

「カレンは竜胆朱音の陣営って事でいいんだよな」

するとカレンはまたもや営業スマイルを浮かべる。

「そうだね。どっちかって言うと竜胆朱音派だろうね。でもカレンはカレンの味方だから」

俺はその言葉の意味を反芻《はんすう》する。

「カレン、それならこんなのはどうだ？」

俺はカレンにそっと耳打ちした。

十一　代表決定戦前夜

明日はいよいよ『ミス・ミューズの代表決定戦』だ。

俺は自宅でＰＣのモニターを見つめていた。

……出来る事は全てやった……

そう思っている。

俺が竜胆朱音《りんどうあかね》と会った事は、すぐに燈子《とうこ》先輩と一美《かずみ》さんに報告した。

一美さんは、

「この直前に一色《いっしき》君にそんなチョッカイを出して来るなんて、竜胆朱音も焦っているんだろうな」

と感想を漏らす。

「俺もそう思います。おそらく竜胆朱音は口で言うほど余裕は無いんじゃないかと」

燈子先輩が何かを思案していた。

「カレンさんは『竜胆さん派』って言ったのよね」

「そうですね。もっとも『カレンはカレンの味方』とも言っていましたが」

「そうだとしても、カレンが燈子に味方するとは思えないな。代表戦は候補者によるスピーチがあるんだろ？　ステージに上がってしまうと、もうアタシらは手が出せない。もし質疑応答みたいなのがあって、一対二の争いになったらさすがに不利だ」

「俺が運営に聞いて来た所では、スピーチは運営が選んだ『一般学生からの質問』を封筒に入れて、それを候補者が好きなのを選んで質問に答える形式だ、っていう話です」

「どんな質問が来るかは事前には解らない訳ね」

燈子先輩が眉根を寄せている。

「そうですね。それに事前にどんな質問内容が出されるか解っても、封筒の中は分からないですし、選ぶのは候補者ですから」

燈子先輩はまだ何かを考えているようだ。

「そうだ。一色君が三浦《みうら》さんに頼んだ審査員、元ミス城都大《じょうとだい》の優勝者の連絡先だけど、二人からは私に連絡が来たよ。これが連絡先だ」

一美さんがそう言ってスマホを見せてくれた。

そして、その二人は俺の予想していた通りだった。

「ありがとうございます。これで少なくとも審査に関しては、ある程度五分の勝負に持ち込める……」

俺はそう言った。後は決定打が手に入れば完璧なのだが……まだ連絡がない。

そうして俺は今も自宅で『連絡』を待っていた。

俺の考えではアイツは動くはずなんだが……

スマホから着信を知らせるバイブレーションが鳴った。

……来たか？

俺がスマホを手にすると、……それは普段なら嬉《うれ》しい相手だが……いま待っている相手ではなかった。

俺は『通知』をスライドさせる。

「はい、俺です」

「一色君、今、会う事って出来る？」

俺は母親の車を借りて、燈子先輩の家に向かった。

彼女の家のそばのコンビニが待ち合わせ場所だ。

俺が駐車場に車を入れると、燈子先輩はすぐに出て来た。

「ゴメンね。変な時間に呼び出しちゃって」

車に乗り込むなり、そう言う。

「いえ、そんな事よりどうかしたんですか？」

燈子先輩から夜の呼び出しなんて、今までなかった事だ。

「うん、ちょっと一色君と話したいかな〜と思って」

「ファミレスでも行きますか？」

そう聞いた俺に、燈子先輩は小さく頭を振った。

「ううん。静かな所がいいかな。あんまり人目がないような所が」

その燈子先輩の物言いに、少しドキッとする。

「じゃあ海の方に行きますか？」

俺がそう言うと、燈子先輩はコクンと頭を縦に振った。

ここから海までは車で十分程度だ。

検見川浜《けみがわはま》沿いの駐車場に車を止める。すぐ近くには美浜大橋《みはまおおはし》がある。

俺が生まれる前は、この橋は有名なナンパスポットだったらしい。

遠くには浦安《うらやす》や羽田《はねだ》空港の灯《あか》りが見える。

ゴールデン・ウィーク明けのせいか、人は少ないようだ。

「こうやって見ると、夜の東京湾もキレイだね」

燈子先輩が何故《なぜ》か安心したような口調で言った。

「そうですね。対岸は羽田空港、右手が浦安、左手は京葉工業地帯ですもんね。ぐるっと光の輪に取り囲まれているみたいです」

「アッチに見えるの、あれスカイツリーだよね」

燈子先輩が右手の方を指さした。

「あ〜、あの紫っぽい光はたぶんスカイツリーでしょうね」

すると燈子先輩は「はぁ〜」と深いタメ息をついた。

「どうかしたんですか？」

俺はそう聞いてみた。今夜の燈子先輩は何か変だ。

「ん〜、なんか私らしくない事をやっているな〜、と思って」

「ミス・ミューズの事ですか？」

またもや燈子先輩はコクンと首を縦に振る。

「私、こういう人目に晒《さら》されて、勝手に評価されるのが嫌で読者モデルも辞めたのに……なにやってるのかなぁ」

「後悔しているんですか？」

「後悔って言うより、なんか自分が嫌な流れの中にいる気がして」

俺は黙って次の言葉を待った。

「私、自分の事を自分でコントロールできない状況って嫌なの。でもミスコンとかってまさにそれで、全て他人に動かされているよね」

俺はなんと言っていいのか解らなかった。

慰めるというのは違う気がしたし、気休めを言うにしても適切な言葉が思い浮かばない。

ただ……燈子先輩も不安は感じているのだろう。

「私、見栄《みえ》っ張《ぱ》りだな……」

そうポツリと言った。

俺はその言葉の意味が解らず、聞き返すべきかどうか迷っていると、燈子先輩の方から話し始めた。

「さっき言った事、半分は本当だけど半分は嘘《うそ》。本当は私、今までコンテストとか出なかったのは、自分が他の人と比べられるのが嫌だっただけかもしれない。自分が他人より劣った存在だって、見せつけられるのが嫌だったんじゃないかって……」

「モデルを辞めたのも同じ理由。誰にも知られてなかった頃は良かったんだけど、少し名前が売れ始めると他の人と比べられている気がして……他の人の視線が怖い気がしてた」

「本当は私こそ、誰よりも見栄っ張りなクセに、本心を隠して引きこもっていたんだと思う。自分の中へ……」

「それって悪い事なんでしょうか？」

俺の口から自然にその言葉が出ていた。

「誰だって自分の心を守るために、仮面を被《かぶ》っているんじゃないですか？　自分の心の中に、他人を受け入れない引きこもっている部分があるんじゃないですか？」

「そうかな？」

燈子先輩が上目使いに俺を見る。

「少なくとも俺にはあります。自分の中で自分が逃げ込める場所が。『他人とは違う。解って貰《もら》わなくていい』って部分が。それが『比べられたくない、逃げだ！』って言われるなら、そうかもしれません」

燈子先輩の瞳が、微妙に緩んだように思えた。

「でも、俺はそれで構わないと思っています。自分を曝《さら》け出して、その評価を他人に委ねるなんて、怖気《おじけ》づくのが普通ですよ」

「そう……そうかもね」

「石田《いしだ》はヲタクですが、いつも堂々としています。自分の好みや趣味を隠す事もない。それに比べたら本当の自分を見せられない俺の方が、ずっと陰気な引きこもりだって思えます」

「そうだね。石田君はいつも全開オープンだもんね」

燈子先輩がクスッと笑った。

「でも私、もう一つ気になっている事があるんだ」

「なんですか？」

「私のせいで、みんなを面倒な事に巻き込んじゃったんじゃないかなって」

「そんな事ないですよ」

俺は強く言った。

「俺はむしろ、今回燈子先輩がミス・ミューズに参加してくれて良かったです。前にも言いましたが、俺はこの状況を楽しんでますよ」

「本当にそうなの？」

「ええ。みんなと一緒に色んな企画を考えて、作戦を練って、状況を分析して、トラブルが発生したら対策を考えて。すっごいヤリガイがありましたよ！」

これは本心だ。俺はこのミス・ミューズでの参謀的な立場を楽しんでいた。

自分でも『けっこうこういう作業が向いていたんだなぁ』と実感している。

それに……その作業が大好きな人のためになると思えば、尚更《なおさら》だ。

「そうなんだ？　だったら私も嬉しいけど」

「はい、こんな事で嘘は言いません。それに他のみんなも面白味《おもしろみ》を感じているからこそ、あんなに一生懸命にやったんじゃないですか。美奈《みな》さんの『お洒落《しゃれ》写真』なんて、単なる義務感じゃあそこまで出来ませんよ」

「そっか……そうだよね……ウン、そう考えよう！　みんなへのお礼と感謝は、全てが終わってから考えればいいよね」

燈子先輩も最後はそう元気良く言った。

「私は不安になっていたんだね。明日、私はきっと竜胆さんやカレンさんと争う事になる。私はそれに気持ちで負けていたんだ」

そう言って燈子先輩は腕を上に伸ばした。

「でも一色君のお陰で元気出た！　よし、明日は戦うぞ！」

「そうです、その意気です！　俺も全力で応援しますから。いや、一緒に戦いますから！」

俺はそう言って、再び東京湾の夜景を眺めた。

燈子先輩はやはり不安を感じていたのだ。

彼女は多くの人に好かれていたが、同時に一部の人には反感を持たれる事もあったのかもしれない。

そういう人から自分の心を守るには、『作り上げた自分』を鎧《よろい》のように纏《まと》わなければならない。

だがそれでもミスコンに出るとなると、多くの人の目に晒される。

それに脅《おび》えるのは当然の事だろう。

コツン、と俺の肩に小さな衝撃があった。

ふと見ると燈子先輩が俺の肩に頭を預けている。

「ちょっとだけ、このままでいい？　ＭＰ回復するから」

小さく、静かな声でそう言った。

「はい、燈子先輩がいいと思うまで」

俺はそんな彼女が、とても大切に思えた。

二人でそのまま静かに海を見つめる。

「じゃあ俺も、戦闘力維持のためにお願いしてもいいですか？」

「なに？」

「さっき燈子先輩が言ったお礼になるんですけど……俺へのお礼は『二人だけの祝勝会』にしたいです。『やり直しのクリスマス』の時みたいに」

「いいけど……祝勝会って、もう勝ち確定？」

俺は燈子先輩を見た。

燈子先輩はさっきと変わらず、俺の肩に頭を預けている。

そんな彼女が俺を見上げた。

二人の視線が交差して……俺は……

ブーッ、ブーッ、ブーッ、ブーッ！

突然、ポケットに入れてあるスマホが激しく振動し始めた。

その振動に驚いたのか、燈子先輩も素早く身体《からだ》を俺から離す。

俺もハッとして、身体を起こしていた。

スマホを取ると……俺が待っていた連絡だ。

「燈子先輩、最後の鍵が届いたみたいです」

そう言ってスマホを彼女に見せる。

その内容を俺が説明すると、燈子先輩の目に強い炎が宿ったように見えた。

そして強い口調で言う。

「一色君。その鍵や今まで集めた証拠は、あくまで『公平な審査』をして貰うために使うんだよね？」

「そのつもりですが……ただ相手はどんな手を使って来るか？」

「それでもいいの。一色君が色々と骨を折ってくれている事は解《わか》っているけど、不正な事は絶対にしないで」

燈子先輩が呟《つぶや》く。

「私、竜胆さんとは自分の力で決着をつけたいの。と言うより、このミス・ミューズは私自身の力で勝ちたいの。それが出来ないくらいなら負けた方がいい」

俺はその言葉を聞いて「燈子先輩らしい」と嬉《うれ》しく思った。

十二　代表決定会

「それでは皆さん、いよいよお待ちかねの『第一回ミス・ミューズ』、代表決定会を開催します！」

舞台に登った司会者がそう高らかに声を上げた。

壇上には客席から見て右側に五人の審査員が、左側にはミス・ミューズに選ばれた九人の女子学生が二列に並んで座っている。

俺は客席から見て右側の舞台袖（舞台横の幕の裏側）に居た。一緒に居るのは他の女神の推薦者だ。

今回の会場は講堂だ。かなりの人数が集まっている。

さらには前回同様、この決定戦の様子はネットでもリアル中継されている。

ちなみに「決定戦」と言わずに「決定会」と言っているのは、運営側として「順位を付けない」という事への配慮だろう。

「最初に代表者決定の流れを説明いたします。まず現在の九人の女神の『推薦者から応援演説』と『女神自身による最後の自己ＰＲ』を行って頂きます。それが終わった段階で三名に絞り込み、その方々にそれぞれ封筒に入った『みんなからの質問』を選んで頂き、それに答える形でスピーチを行って頂きます」

みんな真剣な表情で聞いている。もちろん俺もその一人だ。

事前に審査方法は発表されているとは言え、最後の最後で何かが変わっているかもしれない。

一語一句聞き逃さないように、耳に全神経を集中する。

「まずはネットで投票された割合に応じて、五十点満点で採点します。さらに五人の審査員が一人十点満点で加点し、合計で百点満点中何点を取れたかで代表者を決定します」

これも以前の説明通りだ。何も変更はない。

「代表となった女神の方は、大学の魅力を伝える広報活動、提携企業の宣伝や商品モニター、雑誌の取材などに協力して頂く事になります。なお音楽・美術など特定の分野での依頼があった場合は、代表者とは関係なく該当分野の女神にお願いする事になりますので、よろしくお願い致します」

そう言った後で司会者が、舞台右側の審査員席を手のひらで指し示した。

「それでは第一回ミス・ミューズ代表決定会の審査員をご紹介させて頂きます。第二十四回ミス城都《じょうと》大《だい》グランプリ……」

司会者が第二十四回から第二十回までのミス城都大優勝者を次々に紹介していく。

俺はそんな彼女たちを改めて見つめた。

派手目な人がいれば、可愛《かわい》らしい感じの人、また清楚《せいそ》な感じの人もいる。

そして彼女たちがこの代表決定戦の鍵を握っているのだ。

司会者が一段と大きな声を張り上げた。

「それではまずは『音楽の女神』海野美月《うみのみつき》さんの推薦者・神田信彦《かんだのぶひこ》さんから応援演説をお願いします！」

壇上のスクリーンにプロジェクターから映し出された『音楽の女神』の紹介ビデオが流れた。

女神席にいた一人の女性が席から立ち上がり、舞台中央に出ると深々と一礼する。

「美月ちゃ～ん！」「バイオリンの聖少女！」

客席からは彼女を推す応援団が歓声を上げる。

彼女はバイオリンを構えると、優雅にその弓を弦の上で滑らせた。

『音楽の女神』『美術の女神』『文学の女神』『演劇の女神』『舞踏《ダンス》の女神』『歌の女神』。

壇上の彼女たちは自分の番になると席から立ちあがり、それぞれが観客の前で特技披露などの自己PRを行っていく。

推薦者も順々に壇上に上り、自分たちが推す女神の応援演説を行うのだ。

それに合わせてネット上の応援コメントが、後ろのスクリーンに次々と流れる。

やがて『魅惑の女神』、カレンの番となった。

その推薦者は去年までウチのサークルにいた男子だ。カレンの取り巻きの一人だろう。

客席からも「K・A・R・E・N、カレン！」という合唱が聞こえる。

みんなそれぞれに応援団を集めているんだなぁ。

カレンは最終自己PRとして、舞台上で可愛くKitKot風の三十秒ダンスを四本披露した。

まるでアイドルみたいに応援団の声援に合わせながら身体をくねらせる。

最後に胸元でハートを作り、それを押し出すようにしてフィニッシュを決めた。

もう今すぐにでも地下アイドルにはなれるんじゃないか？　……本当、よくやるよ。

カレンへの応援演説が終わった。司会者が告げる。

「では『知恵の女神』桜島燈子《さくらじまとうこ》さんの推薦者・一色優《いっしきゆう》さん、壇上にどうぞ！」

俺は幕内からスポットライトに照らされる壇上に出た。

さすがに緊張する。

司会者からマイクを受け取ると、まず審査員に一礼、次に客席に向かって一礼する。

俺の横では壇上の席から舞台中央に出てきた燈子先輩が並んで立つ。同じく丁寧に一礼するのが見えた。

「「「……」「「「と～こさぁ～ん！」」」……」」」

客席から大きく燈子先輩の名前を呼ぶ声々が聞こえる。

見ると派手なハッピを着た一団が声を張り上げている。

ケミカルライトを振るヤツ、応援ウチワを振るヤツなどもいた！

全部で五十人近くいるだろうか？　その中央にいるのが石田《いしだ》だ。

「応援なら任せとけ！」と言っていたが、こんな方法か？

よくこれだけの人数を集めたと感心するが、カレンの親衛隊でもここまではやってないぞ。

横目で見ると燈子先輩が赤い顔をして下を向いている。

やり過ぎかもな、これは。

だがこれでアンチは声を上げにくいはずだ。

そして会場は大いに盛り上がったようだ。アチコチから笑いと共に燈子先輩への応援の声が聞こえる。お祭りには相応《ふさわ》しいとみんなが思ったのだろう。

よし、雰囲気は上々だ。

「先ほどご紹介にあずかりました桜島燈子さんの推薦者・一色優です」

どこかから『クリスマスの寝取り男！』というヤジが聞こえたが、気にするもんか。

「今回、彼女は『知恵の女神』に選ばれました。なるほどみんなが思う燈子さんのイメージにピッタリの女神です」

「「「……」「「「そうだ！」」」……」」」と応援の声も響く。

「燈子さんは学科トップの成績、GPA3・7、TOEICはネイティブ並みの九百点、そして高校時代は『図書室の女神様』と呼ばれた豊富な知識」

背後の大スクリーンに、美奈《みな》さんが撮影してくれた『カッコイイ燈子先輩』の写真が多数表示される。

「そして見ての通りお淑《しと》やかで清楚な美貌、まさに『知恵の女神』に相応しいです」

俺はそれらの写真に向かって手を差し出した。

「だけどそれは彼女のほんの一面でしかありません。本当の彼女の姿は、もっと違うものです。このミス・ミューズでは彼女の自由な魅力を見せてくれました」

俺が撮影した『デート・シリーズ』、石田が撮影した『コスプレ・シリーズ』の写真が、スクリーン上に舞うように現れ、可愛らしい笑顔の燈子先輩の姿が画面一杯に広がる。

「知性、それに相反する自然な可愛さ。さらに既存のイメージを打ち壊す自由な魅力、それが私の紹介したい燈子さんの魅力です！」

「お〜！」「そうだ！」「燈子さぁ〜ん！」

会場からの声援以外に、スクリーン上にも様々なコメントが流れる。

>可愛い燈子ちゃん、サイコー

>ギャップ萌《も》え〜！

>今回で俺も燈子ちゃんのファンになったぞ！

それに対して、俺は本当に残念そうに首を左右に振ってみせる。

「もっと燈子さんの可愛い魅力をお見せしたいのですが、残念ながら時間が足りません。続きはWEBで」

会場からごく少数の失笑が聞こえる。アレ、スベったか？

「ここでは『知恵の女神』に相応しく、私のインタビューに対して燈子さんには英語で回答を返して頂く事にします。なおバックのスクリーンには燈子さんの発言が音声入力され、その翻訳を表示致しますのでご安心を。なお私の質問は日本語です」

会場から笑いが起こる。ここで笑いは意図してないんだけどな。

俺は視線を会場から燈子先輩に向けた。

「燈子さんはなぜ今回のミス・ミューズに参加したのですか？」

《サークルのみんなの応援があった事が一番。次にミス・ミューズは順位付けではなく個性を評価してくれると聞いたから》

燈子先輩が滑らかな英語で答える。キレイな発音だ。スクリーンにも音声入力された文章が間違いなく映し出された。

「今回のミス・ミューズに参加して、一番思い出に残っている事は何ですか？」

《みんなで一つの目的に向かっている事が一番の思い出。今まで知らなかった自分に気づけた。コスプレは楽しかった》

「これからもミスコンに参加しますか？」

《それはちょっと。私には静かな生活の方が合っているから》

「燈子さんは言語の習得に力を入れているそうですが、何語を学んでいるんですか？」

《現在は英語と中国語とフランス語。卒業までにドイツ語とスペイン語もある程度習得したいと思って勉強を始めている。将来はもっと色んな言語を学んでいきたい。アラビア語とかインドや東南アジアの言葉とか》

会場から「そんなに？」という疑問の声が上がった。俺も同意見だ。

「ずいぶんとたくさんの言語を学ぼうとしているんですね。それは何か理由があるんですか？」

《英語と中国語は現在の情勢から。フランス語とドイツ語はヨーロッパ圏で通じる国が多いから。それとスペイン語は世界で話者が第三位の言語だし、ヒンドゥ語やタイ語、インドネシア・マレー語は日本とはビジネス上で重要になっていくと考えている》

その時だ。突然、会場の前の方にいた男が立ち上がって大声で質問して来た。

「ソレラ多クノ言語ヲ使ッテ実現シタイ夢ハ何デスカ？」

東南アジアからの留学生らしい。会場からの質問は受け付けていないのだが。

だが戸惑っている俺をヨソに、燈子先輩は英語で答える。

《世界で活躍できる人間になりたい。それとこれは趣味の夢だけど、いつか世界中をヨッ

トで回りたいと思っています》
今度は別の男が立ち上がった。
「＊＊＊＊＊＊＊＊＊＊＊＊。＊＊＊＊＊＊＊＊＊？」
ゲッ、この人は何を言っているのか解《わか》らないぞ。
背後のスクリーンを見る。
そこには中国語が表示されていた。同時に日本語訳が表示された。
>あなたは美人です。どこの国の男性もあなたを好きになります。どこの国の男性が好みですか？
すると燈子先輩はニッコリと笑って答えた。
「＊＊＊＊＊〜」
燈子先輩も中国語で返答をしたらしい。
そして……彼女はなぜか俺を見つめた。
え、何？　ここで俺が何か言うの？　全く意味が解らないんだけど？
ハッとして再び日本語訳が表示されているはずのスクリーンを見た。
>ありがとうございます。
>国よりも人柄が大事だと思います。
>相手の気持ちを考えてくれる人、疲れたときにそばにいたい人、いつもそばにいてくれ

る人。

∨そういう人が私の……

そこで画面が切り替わった。最後まで俺は読めなかった。

会場から多くの人が一斉に質問の声を上げ始めたためだ。

俺は我に返って、会場に呼びかける。

「すみません。会場からの質問を受け付ける事は出来ません。皆さん、お静かに願います。まだインタビューの途中なので！」

俺のその声で会場の声は収まった。何人かは不満そうな顔をしているが仕方がないだろう。

俺は改めてマイクを握ると燈子先輩に向き直った。

「燈子さんは何に一番関心を持っていますか？　また将来、どういう職業に就きたいですか？」

燈子先輩が改めて英語で答える。

《私が一番関心があるのは地球温暖化と海洋汚染です。細かい理由は省きますが、一つは先ほど述べた『ヨットで世界中を回りたい』と深く関係しています。よって仕事はエネルギー関連の職業に就きたいと思っています。ＣＯ２を出来るだけ出さない、再生可能エネルギーを活用するような仕事です。そうして少しでもサスティナブルな社会に近づけるようにしたいと思っています》

燈子先輩の言葉が翻訳されてスクリーンに流れる。

それを見ていた会場は、さっきの騒々しさが嘘《うそ》のように静まり返った。

やがて会場から大きな拍手が沸き起こった。

どうやら燈子先輩の自己PRは成功したようだ。

俺はその拍手をバックに最後の締めくくりを行った。

「みなさん、ご声援ありがとうございます。これで桜島燈子さんの自己PRと私の応援演説を終わります。最後に……」

俺は言葉を切った。

「サスティナブル、持続可能性。これって重要ですよね。どんな社会でも、どんな事でも、持続していく事は重要です。そしてそれには、旧態依然とした今までの考え方やしがらみに囚《とら》われていてはいけません。より良い方法、自分が正しいと思った事を常に考えていく事が必要だと思います。公平公正さを持って」

俺はそう言って審査員席を見つめた。

まだ彼女たちは、これが自分たちに向けられた言葉だとは気づいていないようだ。

だが、すぐにこの言葉と真剣に向き合わざるをえなくなるだろう。この、直後に……

……もっともこれが俺からの警告とは解らないだろうが……

後はこの代表決定戦の成り行きを見るしかない。

応援演説が終わり、俺は下手の舞台袖に移動する。

その間、審査員たちの表情、そして一挙手一投足を監視する。

彼女たちはほとんど同じタイミングでスマホを見た。

そしてその内の三名の表情が変わる。

……やはり間違いない……

俺は客席にいる石田に視線を向ける。

石田は俺と目が合うと、ニヤッと笑って親指を立てたサムズアップを返した。

どうやら打合せ通り、うまくやってくれたらしい。

審査員の三人の落ち着きが無くなった。

だが彼女たちは壇上だ。誰にも何も相談する事は出来ない。

……ここまでは予定通りだが……

既に舞台の上では、『表現の女神』たる竜胆朱音《りんどうあかね》の推薦者が応援演説を始めていた。

推薦者は「二年連続でミス城都大に優勝した彼女が、いかに女性として優れた存在か」を叫んでいたが、内容自体はそれほど心に響くものではない。

だが竜胆朱音の自己PRは強烈だった。

推薦者以外に二人の男が壇上に出て来ると、左右から竜胆朱音のゆったりとしたドレスを引き裂くように引っ張ったのだ。

するとその下からは身体《からだ》の線がハッキリと解るような露出度の高い衣装が現れた。

まるでビキニのブラかと思うようなレースのフリルがついた短いタンクトップ。

ボトムも同じくビキニのパレオかと思うようなシースルーのスカートだ。

ここで一人だけ水着審査が行われるのかと思った程だ。

そして竜胆はそのスタイルの良さを誇示するかのようにポーズを取る。

会場からは男子学生の大歓声が沸き起こった。まぁ男子としてはこれは盛り上がるだろうな。注目を集めるという点では、彼女の狙い通りだろう。

しかも竜胆派もその組織力でかなりの人数を集めているらしく、客席からは「いいぞ」「サイコー！」「竜胆さんがナンバーワン」という声がタイミングよく掛けられている。

当の本人はと言うと……

自分の演出と工作に絶対の自信があるのか、薄《う》っすら不敵な笑みを浮かべている。

その目がチラリと燈子先輩の方を見た。

勝利を確信しているかのようだ。

……だがその工作は、既に破られているんだよ……

俺はそう胸の内で呟《つぶや》く。

竜胆朱音の自己ＰＲと応援演説が終わり、司会者が中央でマイクを握った。

「これで全九組の女神の自己PRおよび推薦者からの応援演説が完了しました。ここから一般からの投票により上位三名を選んでもらいます。そして選ばれた三名の女神に最終スピーチを行って貰い、審査員の審査を経て代表者が決定される事になります」

司会者の説明を聞いている俺までも、胸がドキドキしてくる。

一般投票の結果は、フォロワー数などから燈子先輩がベスト3に入る事は間違いないと思うが、それでも何が起こるかは解らない。

ただこの時点では竜胆派やカレン・グループの操作が入る可能性は少ないはずだ。

「ではまず最初の一人です。五八九六票、蜜本《みつもと》カレンさん！」

観客席から「わぁ～」「カレンちゃ～ん！」という歓声が沸く。

カレンも一旦立ち上がって笑顔で客席に向かって頭を下げた。

だが座った瞬間、チラリと舞台袖にいる俺の方を見たようだ。

「二人目は、ほぼ同じポイント数ですが、竜胆朱音さん！　五九〇一票」

竜胆朱音はそのポイントが不満だったのか、立ち上がらずに席に座ったまま頭を下げる。

しかしその表情に変化はない。

「最後、三人目は……桜島燈子さん！　六二〇九票！」

「わあぁ！」「やった！」「さすが燈子さん！」

客席からは大きな歓声が沸いた。

燈子先輩もその声に対し、椅子から立ち上がって丁寧に頭を下げた。

観客席に居た石田やサークルの連中も飛び上がって喜んでいる。

俺も嬉《うれ》しかった。ここまでの努力が報われたのだ。

俺は竜胆朱音の様子を窺《うかが》った。悔しがっているかと思ったのだ。

確かに竜胆朱音は多少悔しそうな顔をしていた。

だが……それでも自分の勝利を信じている表情だ。

この後の審査員による採点によほど自信があると見える。

次に俺はカレンの様子を窺った。

するとカレンも……何も問題はないかのように平然としている。

俺は疑問を感じた。

確かに俺はカレンにはある話をしておいた。

だがそれはカレンが燈子先輩に勝つ、という話ではない。

どういう事だ？　まだ何か竜胆側には仕掛けがあるのか？

そんな俺の考えを中断させるように、司会者の言葉が響いた。

「これで一般投票によるポイントは、桜島燈子さんが四〇ポイント、竜胆朱音さんが三八ポイント、蜜本カレンさんも同じく三八ポイントとなります」

なるほど、一般投票は最高で五〇ポイントだ。

一般投票ではせいぜい二ポイント程度の差しかつかないという訳か。この程度の差なら審査員の得点で簡単に逆転が出来る。

「それでは三名の方、こちらの前の方にお願いできますか？」

司会者が舞台中央に出る事を促す。

だが竜胆朱音もカレンも、すぐに立ち上がろうとしない。

燈子先輩は二人の方を見るが、仕方なく最初に席を立って前に出た。

するとそれに続くように、竜胆、カレンが横に並ぶ。

既に舞台中央にはホワイトボードが引き出されていて、そこには三通の封筒が磁石で張り付いていた。

「では次に三名の女神には、『みんなからの質問に答える』という形でスピーチをお願い致します。どうぞお一人ずつ、好きな封筒を選んでください」

司会者はそう言ってホワイトボードを指さす。

一番ホワイトボードに近かった燈子先輩が前に進み、一つの封筒を手にした。

だがその後ろに続いていた竜胆朱音が、まるで当然のように燈子先輩に手を差し出す。

燈子先輩もそれを見て手にした封筒を竜胆朱音に渡した。

竜胆はそれをさらにカレンに渡す。

燈子先輩が次の封筒を手にした。

竜胆朱音は待ちきれなかったのか、ホワイトボードに残った封筒を手にする。

「それでは女神のお三方に発表して頂きます。発表する順番は、私がこのダイスで決定させて頂きます。一か六が出たら桜島燈子さんから、二か五が出たら竜胆朱音さんから、三か四が出たら蜜本カレンさんからです。では行きます」

司会者がそう言ってダイスを振る。

発表の順番は、カレン・燈子先輩・竜胆朱音と決まった。

カレンが舞台中央に出て封筒を開き、マイクを握る。

「え〜、私への質問は『どんな男性がタイプですか？』でした！」

読み上げたカレンは可愛《かわい》く小首を傾《かし》げる。

「え〜、困っちゃうなぁ。カレン、好きな人のイイ所を見つけるのが得意だから〜。どんな人でもイイ所を見つけて好きになっちゃうかも〜」

会場からドッと笑い声が沸き起こる。


カレンのスピーチが終わり、二番目の燈子先輩が舞台中央に立った。

その時だ。背後にいた竜胆朱音が一瞬だけ燈子先輩を見て笑うのが見えた。

俺の頭の中で、何かが電流のように走る。

竜胆朱音がこの期に及んで、なぜあんな笑みを燈子先輩に対して漏らしたのか。

……まさか、このスピーチ自体に何か仕掛けが？……

例えば、燈子先輩に著しく不利になるような質問があるとか？

だが質問内容は封筒に入れられていて、事前に見る事はできない。

さらにその封筒はホワイトボードに張り付けられており、燈子先輩は自分で選んで手に取ったのだ。

司会者が配ったのなら、特定の質問を燈子先輩に渡るように仕込む事が出来るが、今回においてそれはない。

……では、いったい何が？

舞台中央に燈子先輩が立った。

その背後で、竜胆朱音がまたもや不敵な笑みを浮かべている。

まるで「これから起こる事が愉快でたまらない」といった感じだ。

燈子先輩が封筒を開いた。

「私への質問は『去年のクリスマス・イブは、どのようにして過ごしましたか？』です」

俺はハッとした。

去年のクリスマス・イブ、つまり『Xデー』だ。

燈子先輩はサークルのクリスマス・パーティの席で、鴨倉哲也《かもくらてつや》の浮気を暴露して交際終了を告げた。

そしてその後、俺と一緒にホテルに行ったのだ。

……それをこの大勢の前で言わなければならない？……

俺と燈子先輩の間には、ホテルに行っただけで何も無かった。

だが周囲にはその事実は告げていない。

俺は自分の彼女であるカレンを鴨倉に寝取られていて、そのリベンジとして『鴨倉の当時の彼女である燈子先輩を寝取った』事になっているのだ。

いくら「俺たちは浮気者二人に仕返ししただけ」と主張しても、それがこの場で通用するとは思えない。

キャンパスの顔となる立場としては、間違いなくマイナスだろう。

……いっそ、ここで「俺と燈子先輩は何もなかった！」と本当の事を言ってしまおうか。

思わず俺は前に出ようとした。

だがそんな俺の行動を辛うじて止めたのは……他ならぬ燈子先輩だった。

燈子先輩は静かな目で俺を見ていた。冷静に、だが自信ありげに。

その目が「私を信じて」、そう言っている。

「去年のクリスマス・イブは、私にとって特別な日でした」

前を向いた燈子先輩は、ハッキリとそう口にした。

「色んな思いが積み重なって、一つの答えを出す事が出来た日だと思います」

客席がざわついている。もちろん『Xデー』の事を知っているからだ。

「私は臆病な人間です。だから自分の本音を出す事を恐れ、人に期待される自分を演じて来たと言えます」

燈子先輩はそんな会場の様子など気にせずに話し続ける。

「でもその日のために私を助けてくれた友人たちがいました。その中でも、私にとって心の支えとなってくれた『戦友』とも言うべき人がいます」

燈子先輩の語りかけるような声が、講堂全体にさざ波のように伝わっていく。

「その人は私と同じ心の痛みを持ち、私と共に支え合い、互いの力となって一つの目的を達成しました。私はその人に感謝していますし、その人も私に感謝を返してくれています」

燈子先輩の言葉によって、会場のざわめきが静かに打ち消されていった。

「何年一緒にいようが、それが恋人同士であろうが、たとえ夫婦であっても、解《わか》り合えない人もいます。人生において多くの人々と出会う中で、本当に信じられる人に出会える事ってどのくらいなんでしょうか?」

いつの間にか客席が静まり返っている。みんな燈子先輩の言葉に聞き入っているのだ。

「そんな本当に信頼できる人が出来た事が、私にとっては最高のクリスマス・プレゼントだと思っています。他人が噂《うわさ》でどう言おうと、『私には心から信頼できる人を見つける事が出来た、一人じゃない』、そう思えるクリスマス・イブでした」

そう言って燈子先輩は静かに頭を下げた。

その時には会場は沈黙に包まれていた。

誰もが、燈子先輩の「本心からの言葉」に胸を打たれていたのだ。

俺自身、何も言う事はなかった。

燈子先輩にとって、Xデーの事を誰がどう噂しようと、どう揶揄《からか》おうと、そんな事は問題ではなかったのだ。

「俺と燈子先輩が信じあう事が出来ればいい」ただそれだけだ。

それに対して……俺も結論を出すべきかもしれない。

いや、俺自身も今のままの関係に、内心では不満を感じていた。

……だけど俺は『燈子先輩との今の関係』が壊れてしまう事を恐れているんだ……

会場から一つの拍手が聞こえてきた。

やがてその拍手が二つ、三つと増えていき、最後には会場全体から大きな拍手が沸き起こった。

もはやXデーの事で、俺たちに何かを言う人はいないだろう。

拍手が鳴りやみ、司会者が思い出したように最後の竜胆朱音のスピーチを促す。

三番目の竜胆朱音の封筒に書かれていたのは『ミス・ミューズとして心がけている事は

ありますか？』だった。

竜胆はごく当然のように「自分を磨く事を忘れない」と言った。

そして「どんな宝石も磨かなければ、そこらのガラス玉と変わらない」と言う。

拍手は起こるが、なぜかそれが虚《むな》しく感じられた。


三人のスピーチが終わり、司会者が再び中央に出てマイクを握る。

「それでは、これから審査員による最終結果を発表させて頂きます。審査員の方は、手元の点数が書かれている札を上げて下さい」

審査員全員が、真剣な面持ちで頷《うなず》いた。

俺もそんな彼女たちを厳しい目で見つめる。

「それでは、まず蜜本カレンさんの点数からです。左から順にそれぞれ札を上げて下さい！」

審査員である歴代ミス城都大の優勝者が札を順に上げていく。

「8点、8点、8点、8点。トータルで40点。一般投票と合わせて78ポイントです！」

司会者がそう読み上げると、バックのスクリーンに「蜜本カレン：78」と大きく表示される。

「次に桜島燈子さん。８点、９点、８点、９点、８点。トータルで42点。一般投票と合わせて82ポイントです！」

会場から「お〜」と言う声が沸き起こった。

そして竜胆の目に険しい光が宿る。

「最後に、竜胆朱音さんの点数は！」

審査員が左から順に札を上げて行った。

「８点、７点、８点、８点、８点！　トータルで39点。一般投票と合わせて77ポイントです！」

「な、なんでっ！」

信じられない、といった様子で竜胆朱音が叫んだ！

しかしその声は会場からの拍手と大歓声にかき消されていた。

司会者さえ竜胆の言葉に気づかず、高らかに宣言する。

「それでは第一回ミス・ミューズの代表者は、理工学部情報工学科三年・桜島燈子さんに決定しました！　皆さん、盛大な拍手をお願いします！」

客席から盛大な拍手が沸き起こる。

「では桜島燈子さん。改めて代表となった挨拶をお願いします」

司会者が燈子先輩にマイクを渡す。

そんな彼女を竜胆朱音は『今にも食いつきそう』な目つきと形相で睨《にら》んでいた。

握りしめた拳が怒りで震えているのが見える。

燈子先輩は舞台中央に出ると、少し躊躇《ためら》うような素振りの後、顔を上げた。

「皆さん、この度は私のような者に応援いただいて、本当にありがとうございました。正直な所、最初はこのミス・ミューズに参加する事を躊躇っていたのですが、今ではいい経験になったと思っています。素直に楽しかったです」

そこで燈子先輩は一度言葉を切った。再び顔を上げた時は、強い意志を感じる表情だ。

「ただやはり私は大勢の人の前に出る事は、性格的に合わないようです。よって代表に選んでいただいた栄光は喜んで受けますが、広報活動やマスコット・ガールとしての活動は辞退したいと思います。私よりももっと適任の人も大勢いる事が解ったので」

司会者が「えっ」と言うように目を丸くする。

会場も再びざわついた。

しかし燈子先輩は構わず言葉を続ける。

「元々ミス・ミューズは『多様な個性と多様な魅力を発掘する』というイベントでした。今回、どの人も素晴らしい個性と魅力を持っていると思います。そして人前に出る事でさらに輝く人もいる事を知りました。それが出来る人物は私ではありません」

燈子先輩は深く頭《こうべ》を垂れた。

「勝手な事を言って申し訳ありませんが、以上の理由により、私は広報活動や企業様との宣伝活動の方は辞退させて頂きます」

そうして燈子先輩はマイクを司会者に返すと、元々の女神たちが座る席に戻っていった。

慌てたような司会者に、他の運営メンバーが駆け寄って来る。

壇上で五人の男たちが話し合う。その目が狼狽《うろた》えたように燈子先輩を見ていた。

会場からも「え、燈子さん、広報活動は辞退するの？」「じゃあ実質、ミス・ミューズの顔って誰がなるんだ？」「もしかして第二位の人？」「今回のナンバー2って言うと……」

そんな風に客席からの囁《ささや》きが聞こえた時だ。

「ハイッ！」

女神席の一人が元気良く手を上げた。カレンだ。

「一位の燈子さんがマスコット・ガールを辞退するなら、私が立候補してもいいですか？」

そう言い出したのだ。

正直、俺は目を丸くした。この状況で自分から名乗りを上げるなんて凄《すご》い度胸だ。

アイツの心臓はチタン合金製か？

いや……むしろこれがカレンの最初からの狙いだったんじゃないか？

そんな俺の考えを裏付けるように、会場はカレンの立候補に納得しているようだ。

「そうだな」「カレンちゃんは第二位だもんな」「一位の燈子さんが辞退するなら、カレンちゃんがマスコット・ガールになるのが順当だよな」「魅惑の女神だし、ハマッてるかも」

そこかしこから、そんな話し声が聞こえて来る。

運営メンバーもカレンの提案に「渡りに船」とばかりに助かったような顔をしていた。

司会者と運営メンバーがいくつか言葉を交わした後、発表を続けた。

「え〜、ミス・ミューズの代表となられた桜島燈子さんより、先ほどのような広報宣伝活動辞退の意志が発表されました。よって今年度の広告塔としての役割は、次点の蜜本カレンさんにお願いする事に致します。蜜本カレンさん、前へ」

客席から改めて拍手が起こり、カレンが輝くような笑顔で舞台中央に立つ。

「また他女神の方々にも、それぞれの得意分野での宣伝活動や企業からの広報活動や製品モニターとしての依頼があった場合はご協力を頂きたいと思い……」

司会者の弁解するような口上が続く中、俺は満足感と納得感を持って舞台袖から燈子先輩を見つめていた。


「無効よ、無効！　こんな代表決定戦はあり得ない！」

代表決定戦が終わった直後、舞台裏で女性の金切り声が響く。

竜胆朱音だ。

「すぐに代表決定戦のやり直しを発表しなさい！　『今回の審査にはミスがあった。改め

てミス・ミューズの代表決定戦をやり直す』って！」

彼女を取り囲むようにいるのは、ミス・ミューズの司会者と運営メンバー四人、審査員だった過去のミス城都大の五人、そして今回参加した九人の女神と推薦者だ。

俺はその中の一人としてこの事態を見守っていた。

「今回の審査結果は絶対におかしい！　こんな事はあり得ない！　何か、何かミスがあったはずよ。そうでなければ、誰かの妨害か……」

「『誰かの妨害』って、誰が何を妨害したって言っているのかしら？」

そう口にしたのは審査員の一人、第二十三回ミス城都大だ。

竜胆朱音が鋭い目で彼女を睨んだ。

しかし彼女は臆する事なく続ける。

「それとも竜胆さんは、妨害されるような何かに心当たりがあるの？」

「アナタには関係ない！」

「関係なくないわ。アナタが審査員の内の三人に、自分に高得点を入れるように頼んでいた事を考えれば」

竜胆の表情が変わる。だが彼女は強気に言い放った。

「何を言っているの？　そんな証拠がどこにあるの？」

「その証拠を集めたのは俺です」

そう言って俺が前に出る。

「アナタは広告研究会・イベント企画研究会・美容サークルの三つのサークルが、過去のミスコンにおいて大きな影響力を持つ事を知った。そしてこの三つが協力して審査員を出す事で、ミス城都大優勝者を決定するのには有利になった」

竜胆朱音が俺の方を向いた。その端整な顔が醜く歪《ゆが》んでいる。

「もちろん影響力があると言っても、全てをコントロール出来る訳じゃない。運営はそれに関わっていなかったですし。実際、ここにいる五人の内、二十一回と二十三回は、その三つとは関係ないサークルから推薦されてミス城都大になっている」

その二人の審査員が頷いた。

「だから俺はさっき、その事を匿名メールで審査員全員に送って貰《もら》ったんです。『過去のミス城都大の優勝者選出に、特定のサークルからの干渉があった』ってね」

「だからなんだって言うのよ。そんなの状況証拠にしかならない。ミスコンに熱心な規模の大きいサークルが強い影響力を持つなんて当たり前の事でしょ。そんな程度で不正の証拠になるの？」

「それを具体的に指示した内容がありますよね。他ならぬ竜胆さん自身が言っているんですよ」

俺はＩＣレコーダを取り出した。

「昨夜、竜胆さんはカレンを呼び出していますよね？　『イザとなったら去年のクリスマス・パーティで起きた事を暴露しろ』って。その時に『審査員は過去のミス城都大だが、その内の三人は推薦サークルの力で優勝できた。私はそれを知っているから、彼女たちは私に逆らえない。審査員三人には、桜島燈子が負けて私が勝つように点数を入れるように指示してある』って言ってました。その様子を録音しています」

それを聞いた竜胆が叫んだ。「カレン！」

するとカレンは可愛《かわい》い目と、アヒル口を作った。

「ごめんなさい。お姉さま。でもお姉さまの言う通りにしても、本当にカレンが来年のミス城都大になれるか解《わか》らないじゃないですか。それでカレン、優くんに言われたんです。『保険を掛けておいた方がいい』って」

「保険って、アナタ……」

怒りがグツグツと沸騰するような声を竜胆が漏らす。

「カレンを責めても無駄です。それに俺は『燈子先輩を勝たせてくれ』なんて審査員に頼んでないです。ただ『公平に審査してくれ』って書いただけです。公正であれば、それにケチつける必要はありませんから」

「その子の言う通りよ」

第二十四回のミス城都大が口を開く。

「私たちにメールは匿名で来ているわ。それには『誰を勝たせてくれ』なんて書かれていない。だから私たちは桜島燈子にも、竜胆朱音、アナタにもどちらかに肩入れする事なく採点をした。もちろん蜜本カレンにもね」

他の回の審査員も話し始める。

「アナタのスピーチが桜島燈子より上回っていたと思うの？　客席の様子を見れば一目瞭然じゃないの」

それでハッとしたように竜胆は燈子先輩を見た。

「それで思い出した。アナタ、封筒の中の質問を知っていたわね」

すると燈子先輩は静かに頭を縦に振った。

「ええ」

「それならば不正をしたのは桜島燈子、アナタじゃない。封筒の中は事前に知る事はできなかったはずなんだから！」

彼女が苦し紛れに燈子先輩にケチを付けようとしているのは見え見えだが、俺も燈子先輩が質問の内容を知っている様子だったのは疑問だった。

だが燈子先輩は静かに笑った。

「それを教えてくれたのは竜胆さん、アナタなんだけど」

「なによ、どういう意味？」

「アナタの態度が不自然だった。大抵の場合、竜胆さんは真っ先に前に出るし、常に目立つ場所に立つ。それなのに封筒を取りに行く時だけは、私を先に行かせた。そうしたい理由があったと考えられるでしょ」

「それで」

竜胆はそう言ったが、顔面が蒼白《そうはく》になっている。

「私が最初に封筒を取ったわよね？　だが後から来たアナタは私にその封筒を渡すように促した。あの状況なら手を出されれば、渡さない訳はないものね」

俺はその時の様子を思い出した。確かに燈子先輩の言う通りだ。燈子先輩のすぐ後ろにいた竜胆は手を出し、燈子先輩が取った封筒を受け取っていた。

「その封筒はそのままカレンさんに渡した。リレー形式にするのかと思ったら、私が次に取った封筒はそのままで、アナタはホワイトボードの封筒を手にした。あの時に思ったの、これは『マジシャンズ・チョイスなんだ』って」

「マジシャンズ・チョイス？」

俺が聞き返すと、燈子先輩は俺を見て説明する。

「手品の技術ね。相手には自分で選んだように思わせて、実はマジシャンの方が最初から取る札なんかを選ばせている方法よ」

燈子先輩は封筒が張られていたホワイトボードに図を描いた。Aに丸をつける。

「A・B・Cの三枚の封筒の内、Aを私に選ばせたい。ここで最初に来た私がAを取れば、あとの二人はそれ以外を取って終わり」

次にBに丸をつけた。

「私がBを取れば、竜胆さんはそれを受け取ってカレンさんに回す。次に私がAを取れば、竜胆さんはCを取る。私がCを取れば、先ほどと同様に竜胆さんはCを受け取り、私にAが残るようにする。こうすると一見、私が自分で封筒を選んでいるように見えて、その実は竜胆さんが封筒を選ばせているのよ」

竜胆朱音が悔しそうな顔をする。

「竜胆さんは予《あらかじ》めどれが『クリスマス・イブの封筒』か知っていたんでしょうね。質問自体は募集だったから、大量に仲間たちに出させればいいんだし」

なるほど、そういうカラクリがあったのか。

だが俺にはまだ疑問が残る。

「そこまで解っていて、なぜ燈子先輩は自分が不利になる封筒を選んだのですか？」

「その答えは二つ。一つは他の封筒では質問が予想できなかったから」

燈子先輩はVサインの形で指を二本立てる。

「竜胆さんがそこまでして私に取らせたい封筒。中身は私に不利な質問だと推測できる。するとこの状況でもっとも私が答えにくい質問は何か？　そこまで考えれば、質問の内容はXデー絡みだって解るわよね？　彼女がそれを使う事は予想していたわ」

「なるほど、それでもう一つの理由は？」

「この機会に、この問題を解決しておきたかったから。私の口からハッキリ伝えれば、もうそれ以上この件で絡んで来る人はいないと思ったのよ。もっともあの夜の話をうまく伝える事については、だいぶ考えたんだけど」

なるほど、そういう事か。

俺は口元に自然と笑みが浮かぶのを感じた。

俺はこのミス・ミューズの代表決定戦で公平に審査が行われる事に拘《こだわ》った。

だが燈子先輩はさらにその上で、竜胆朱音の仕掛ける罠《わな》を逆に利用して、俺たちのトラブルを解消する方法を考えていたのだ。

まったく、恐れ入ったとしか言い様がない。

審査員・第二十三回ミス城都大の人が言った。

「これで解ったでしょう、竜胆朱音。私たちはあくまで公平に審査を行った。そしてアナタはその上で桜島燈子に負けたのよ。ミス・ミューズ代表としてだけでなく、策の上でもね」

竜胆朱音は真っ赤な顔をし、凄《すご》い形相で俺たちを見渡した。

夜叉《やしゃ》どころか般若《はんにゃ》の面相だ。

「覚えておきなさい。このままでは済まないわよ」

陰々と響くような声でそう吐き捨てると、彼女は俺たちに背を向けて立ち去って行った。

こうして『ミス・ミューズ、代表決定会』は終わった。

サークル協議会のメンバーが会場の後片付けをしている中、燈子先輩が俺に近づいて来た。

「一色君、お疲れ様」

晴れやかな表情でそう言ってくれる。

「燈子先輩こそお疲れ様でした。これで本当に全部終わりですね」

「本当、今日からゆっくり眠れるよ〜」

燈子先輩が深呼吸するように深く息を吐き出す。

「そんなにプレッシャーだったんですね。でも最後の『質問の罠』を見破った手口も見事でした。さすが燈子先輩だなって思いました」

「ううん、私一人じゃ出来なかったよ。一色君が私が代表に残れるように作戦を考えてくれて、さらに審査員が公平に審査するように手を回してくれたからこそ、あの土壇場で私のスピーチが活《い》きる事が出来たんだから」

そう言って燈子先輩は俺に明るい笑顔を見せてくれた。

俺は自分ではそこまで役に立ったと思えないのだが、それでも燈子先輩の嬉《うれ》しそうな顔には心が弾む。

「相変わらず、仲がいいですね～、お二人さん」

そんな声が掛けられる。

振り向くとカレンがいた。

「カレンさん、アナタにも感謝しないとならないわよね。それに面倒な役割を押し付ける事になってごめんなさい」

燈子先輩はそう言って頭を下げた。

「いえいえ、とんでもないですよ！　だって私、元々ミス・ミューズのマスコット・ガールになる事が目的だったんですから。これがあれば企業やマスコミとも繋《つな》がりが出来るし、就職にも役立ちますからね。私の方こそ燈子先輩にお礼を言いたいくらいです」

カレンも明るい表情でそう返す。

俺はホッとした。どうやらカレンのこの言葉に嘘《うそ》はないようだ。

「ところでカレン、今回はどうして燈子先輩の手助けをしてくれたんだ？」

俺はそれが一番気になっていた。

ネットでの宣伝方法や過去のミス城都大優勝者の連絡先、そして最後にトドメとなる竜胆朱音の証拠録音。

カレンの手助けが無かったら、この代表戦もどうなっていたか解らないくらいだ。

するとカレンは口元に人差し指を当てて不思議そうな顔をした。

「う〜ん、別にカレンは燈子先輩の手助けをした訳じゃないよ〜。カレンは竜胆さんの後輩で、竜胆さんの言う通りに動いていたしぃ〜」

しかしそこでカレンはイタズラっぽい笑いを浮かべる。

「だけど前にも言った通り、カレンはカレンの一番の味方かな〜。来年の約束なんてどうなるか分からないから、優くんの言う『保険』は欲しかったしね。それに今年ミス・ミューズで一番目立つマスコット・ガールになれるんなら、ソッチの方がいいでしょ。燈子先輩が代表になっても、広告塔になる事は辞退するって解っていたから」

「えっ」

カレンは『燈子先輩がマスコット・ガールを辞退するって解っていた』だって？

だが燈子先輩は俺の驚きを余所《よそ》に笑顔のままだ。

「そうなんだ。カレンさんも私の事を解ってくれていたんだね。嬉しいわ」

「別に燈子先輩と馴《な》れ合《あ》う気はないんですけどね〜」

誰かがカレンを呼んだ。運営側の一人のようだ。

「それじゃあカレン、これから写真撮影があるんで」

「ええ、それじゃあまた今度」

俺が何かを言う間もなく、カレンは走り去っていった。

燈子先輩が面白そうに「クスッ」と小さな笑い声を立てる。

「カレンさんも中々やるわね。あそこまで考えていたとは」

「そうですね……」

俺は小さく相槌《あいづち》を打つ。

だが俺には笑えなかった。

カレン……何も考えてないような態度でいて、いったいどこまで計算していたんだろう。

……今回の本当の勝者は、カレンだったのかもしれない……

俺はそんな風に思っていた。

改めて……女って怖いな。

十三　カレンの独白

アタシは今、講堂を見下ろせる二階の照明席に居る。

第一回ミス・ミューズのマスコット・ガールとしての写真撮影がついさっき終わった所だ。

広報・宣伝担当として最初の仕事になるだろう。

おそらく今日の夜には、サークル協議会のサイトに大きく私の写真が出る事になる。

あの桜島燈子《さくらじまとうこ》よりも大きく、ね。

アタシは一時間前に終わったばかりの『ミス・ミューズ代表決定戦』を思い出した。

あの竜胆朱音《りんどうあかね》の慌てた顔には笑えたなぁ。

普段から「私が女王よ」と言わんばかりの高くなった天狗《てんぐ》の鼻がへし折れた瞬間。

まさかあの女があそこまで醜く慌てふためいて足搔《あが》くとは思わなかった。

散々人を顎で使いやがって……いい気味だ。

ふと下を見ると、桜島燈子と一色優《いっしきゆう》がいる。

今回は……まさかこんな結末になるとは思わなかった。

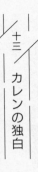

　アタシの当初の目的は、『竜胆朱音と桜島燈子で互いに足を引っ張り合ってくれればいい』というのと、『単に燈子がミスコンに引き摺《ず》り出されてアタフタする姿を見たい』というものだった。

「桜島燈子をミス・ミューズに引っ張り出しなさい。誰が本当のキャンパス・クイーンか見せつけてやる必要があるわ」

　まだアタシがあのサークルを辞める前の話だ。

　ミス・ミューズのイベント企画が出された段階で、竜胆朱音はアタシにそう命令した。

　当初はアタシが燈子に泣きついてミス・ミューズに参加させるつもりだったが、クリスマス・パーティの一件でそれは出来なくなった。

　代わりにアタシの取り巻きの男子に、サークルのメールで『燈子の参加希望』を出させる事にしたのだ。

　アタシにとっては屈辱的なクリスマス・パーティだったが、あれで燈子が優に対して特別な感情を持っている事が解った。

「優をダシに使えば、おそらく燈子はミス・ミューズに参加すると言うんじゃないか」

　そんな風に漠然と考えていたのだが、まさかあの燈子があそこまでムキになって乗って来るとは……正直意外だ。

　しかしアタシには、燈子が自分から人前に出てアピールする事が苦手なのは解っていた。

それでミス・ミューズの会場でオタオタする姿が見られればいい、そう思っていたのだ。

だが燈子のフォロワーが今一つ伸びない事に、アタシはなぜかイラついた。

このまま燈子が何の足跡も残せないまま消えてしまったり、平凡な結果で終わってしまうのはつまらないし癪《しゃく》だ。

せめて竜胆朱音を慌てさせるくらいまでは行って欲しい。

そう思って、わざわざ一色優に連絡してやったのだ。

とは言っても竜胆朱音の権力は絶対だ。いくら燈子が『真のキャンパス女王』と言われていようが、それだけでミス・ミューズの代表になれるとは思えない。

ところが一色優は意外に戦略家だった。細かい情報を分析してフォロワー数を増やし、アンチを抑え、さらには竜胆朱音のバックも嗅ぎつけた。

もし優が竜胆朱音のバックを暴き出したら、「来年のミス・キャンパスはアタシにする」と彼女が言った約束など泡と消える。

そうでなくてもあの傲岸不遜で自己中の竜胆朱音の事だ。そんな約束など簡単に反故《ほご》にするかもしれない。

実際、二年目は別の女がミス城都大《じょうとだい》になるはずだったのに、竜胆朱音が強引にその地位を奪い取って『史上初の二年連続のミス城都大』という肩書を手に入れたのだ。

アタシが竜胆との密約に疑問を持っている時、一色優がアタシに持ち掛けた。

そう、優が竜胆に呼び出された時だ。

「代表決定戦は、燈子先輩・竜胆朱音・カレンの三つ巴《みつどもえ》になるだろう。竜胆朱音はそこで自分の勝利を確実なものにするために、カレンに燈子先輩を陥れるような話を持ち掛けて来ると思うんだ。その様子を録音してくれないか？」

その上で優は「出来れば竜胆朱音が『過去のミスコンで投票を不正操作した話』を出すようにして貰《もら》いたい」と強調した。

それを聞いた時、アタシは即座に断った。

「バカじゃないの？　なんでアタシがそこまでアンタラに加担しなきゃいけないの？　竜胆に睨《にら》まれる上、そんな証拠が出されたらアタシにだって不利だよね？」

だが優はこう言ったのだ。

「俺だって別に過去のミス城都大にケチを付けたい訳じゃない。これで掴《つか》んだ証拠は、不正を押さえるためにしか使わないと約束する。俺の集めた証拠だけでも審査員は押さえられるだろうが、竜胆朱音はその程度じゃ引っ込まないかもしれない。カレンだってどっちに転ぶにしろ、保険は必要だろ？」

そう言われて、アタシはとりあえず優からＩＣレコーダを受け取った。

そして昨夜の事だ。

アタシを呼び出した竜胆はこう言ったのだ。

「カレン、明日は私の言う通りに動いて。座る場所は私の示した場所。私が『行け』と合図したら行く、『待て』と合図したらその場で待つ。いい？」

そうして手で『行け』『待て』の合図を示した。

まるで犬を躾《しつ》けるかのように。

「どうしてそんな事をするんですか？」

アタシは胸の内のムカつきを抑えて、従順な後輩の顔で聞いてみた。

「明日の最後の『質問に答える』のスピーチで、桜島燈子に最大の恥をかかせてやるためよ。あの女にとって一番聞かれたくない事は『クリスマス・イブの夜』でしょ。カレンの元カレである一色優と一緒にホテルに行ったっていう。それを自分の口から暴露させてやるのよ」

この女、それを暴露されたら、アタシにもダメージがあるって解らないのか？　それともアタシの事なんて最初から考慮に入れてないのか？

そんなアタシの様子を気にするでもなく、アイツは言い放った。

「イザとなったらカレン、アナタの口からその時の様子を暴露してもらうから。それで桜島燈子の悪印象をみんなに植え付けるわ」

当然のように命令する竜胆朱音に、アタシは腹の中が煮えくり返っていた。

だがそんな様子をおくびにも出さず尋ねる。

「でも審査員の内三人は、竜胆さんの味方なんですよね？　そこまでする必要はあるんですか？」

「まぁね。彼女たち三人がミス城都大になれたのは三大サークルのお陰だし、私はその証拠を握っているからね。でもただ『桜島燈子が代表戦に負けた』っていうだけじゃツマラナイでしょ。出来るだけ大勢の前で赤っ恥かかせてやらないと」

アタシは竜胆に対する怒りを抱えながら、家に戻った。

その時に思いついたのだ。

『桜島燈子がミス・ミューズの代表になった所で、彼女はマスコット・ガールになる事は辞退するだろう』と。

アタシは誰にも言っていなかったが、桜島燈子が『SAKURAKO』として読者モデルで活躍していた事を知っている。

そして人気が出始めた頃、彼女はその姿を消した。

もし燈子の目的がミスコンのマスコット・ガールの立場なら、そもそも読者モデルを辞めなければいいのだ。

そして私は、マスコミや企業と繋《つな》がりが出来て、就活にも有利になるマスコット・ガールの立場を手に入れる事が第一の目的だ。

アタシが代表になれれば一番いいが、この際は燈子が代表になってくれるのが次善の策と言えるだろう。

少なくとも竜胆朱音が今年もトップに立ち、来年約束を守ってくれる事を期待して、じっと待つより手っ取り早い。

そうしてアタシは、竜胆朱音との会話を録音したＩＣレコーダを優に渡した。

結果は先の通りだ。

竜胆朱音は第三位、燈子は代表となったがマスコット・ガールは辞退。

結果的にアタシは名誉より実利を取った形になった。

……ま、この結果になったのは、優の頑張りもだいぶあったけどね……

アタシは改めて、一階にいる一色優を見た。

相変わらず燈子と嬉《うれ》しそう、いや幸せそうな顔をして話している。

もう顔の筋肉なんて緩みっぱなしだ。

……そう言えばアイツ、アタシにはあんな顔を見せてなかったな……

「フンッ」

思わず鼻息が漏れていた。

別に一色優に未練がある訳じゃない。

ただアイツの能天気で幸せそうな顔が、気に入らないだけだ。

十四　エピローグ

ミス・ミューズ、代表決定戦が終わった夜。

俺たち（俺・燈子《とうこ》先輩・一美《かずみ》さん・美奈《みな》さん・まなみさん・石田《いしだ》の推薦者連中）とサークルの全員は、渋谷の洋風居酒屋に集まっていた。

一美さんがグラスを掲げてカンパイの音頭を取る。

「今回のミス・ミューズで、燈子が九人の女神に選ばれただけじゃなく、その代表決定戦でも優勝する事が出来た。お陰で念願の部室も手に入るし、大学からの補助金も支給される。秋の大学祭では施設も優先的に使えるそうだ。これもみんなの協力や応援があってこそだ。このサークルの代表として心からお礼を言いたい」

そして隣にいた燈子先輩の方にグラスを向ける。

「燈子、今回は色々と想定外の事も起きて本当に大変だったと思う。慣れない事もたくさんやって貰ったしね。本当にお疲れ様！」

それに燈子先輩は笑顔で答える。

「ううん。私はけっこう楽しかったよ。今までにない経験だったしね。何よりもみんなで一緒に作り上げたって言うか、みんなで一つの事をやり遂げたっていうのが一番嬉しい。本当にみんなには感謝している。ありがとう」

「燈子の言う通りだ。この勝利はみんなの勝利だ！　それでは燈子のミス・ミューズ勝利と、サークルの部室獲得を祝って、乾杯！」

一美さんがビールのグラスをさらに高く掲げた。

みんなもグラスを高く持ち上げた後、近くの人とグラスを合わせて最初の一口を飲む。

それぞれ満足気な吐息を漏らすと、さっそく料理と話に花が咲いた。

俺の所にも色んな人が代わる代わるやって来る。

「一色《いっしき》もよくやったな」

「燈子さんのデート企画、アレ、出来良かったよ。なんか俺もデートしてるみたいな気になれた」

「燈子さんのコスプレも可愛《かわい》かったぞ」

「でもよくあの燈子さんにコスプレなんてさせられたな」

それには俺より速く隣にいた石田が答える。

「いやぁ、アレは俺のアイデアなんですけどね。燈子さんよりも一美さんや美奈さんを説得するのに苦労しましたよ！　まぁ最後は俺の熱意が通じたって事ですかね。ただせっかくのコスプレなんだから、もっと肌見せがあった方が……」

そう得意げにコスプレ苦労談を、少し盛りながら語っていた。

俺は苦笑しながらも、石田の協力には本当に感謝していた。

実際、石田の説得が無ければコスプレはもちろんのこと、『可愛い燈子先輩を見せる企画』も実現できなかったかもしれない。

「でもよ～、今日は俺たちまで燈子さんの応援団に担ぎ出されるとは思わなかったぜ」

そう言ったのは三年の先輩だ。

「本当だよ。ウチワ作るだけならまだしも、ハッピ着てサイリュウム持って踊りの練習までさせられたからな。これは何か見返りがあるんだろうな」

他の男子もそう言うと、石田が調子良く答える。

「オッケーっす！　燈子先輩のコスプレ写真五枚セットを五百円でダウンロードできるように……」

慌てて石田の口を塞ぐ。

「ま、まぁ、何か考えておきます。一美さんに相談しておきますね」

「私も燈子さんの応援、頑張ったんですけど！」

石田の後ろから明華《めいか》ちゃんが顔を出す。

明華ちゃんは今日オープン・キャンパスでウチの大学に来ていた。

そこで『未来の城都大生《じょうとだいせい》・特別枠』みたいな感じで、ミス・ミューズの代表決定戦に投票が出来たのだ。

明華ちゃんは一緒に来ていた女子高生たちと、そこにオープン・キャンパスで合流した男子高生連中（つまりナンパ）とで、みんなで燈子先輩に投票してくれたのだ。

そしてサークルの打ち上げがあると知るや、「私は協力者です、私も参加する権利があります！」と主張して付いて来た、という訳だ。

もっとも保護者である石田が一緒だし、飲み物はどうせ俺たちと同じソフトドリンクだし、問題はないが。

「うん、明華ちゃんにも協力して貰ったよね。本当に助かった、ありがとう」

明華ちゃんは満足気な顔をしたが、すぐに念押しした。

「あと『私の家庭教師』の件、忘れないで下さいよ！」

「それも解《わか》ってる。この次の休みでいいかな？」

「場所は優《ゆう》さんの部屋ですからね！」

明華ちゃんが人差し指を立てて、迫るようにそう言った。

「わ、解ってる。解ってるよ。でもそれを今は言わないで」

俺は素早く彼女の口を閉じる仕草で制した。

「なに？　何か明華ちゃんと約束してるの？」

目ざとい美奈さんが、面白そうにそう聞いて来る。

「いや、別に勉強を教える約束をしただけです」

本当にそれだけなのに、なぜこんなに俺は焦らないとならないのだろう。

「ふふ〜ん」

美奈さんは面白そうな目で俺を見た。

「でも一色君の『もっと可愛い燈子を見せたい』っていうアイデアはアタリだったね。私たちだけだったら、あの発想は出てこなかった」

おお、彼女の方から話題を変えてくれたぞ。正直、ホッとする。

「うん、あれを最初に聞いた時は『そんな低俗なの、燈子の雰囲気に合わない』って思っていたけど、結果としてはアレでフォロワーも一段跳ねたもんね」とまなみさん。

そんな二人に笑顔で俺も返す。

「いや、アレは最初に美奈さんたちが、しっかりと燈子先輩の知的でカッコいいイメージを作っていてくれたから成功したんですよ。最初っから俺たちが主張した可愛い路線だったら、失敗していたかもしれません。ギャップ萌《も》えの効果は大きいですから」

「そうそう。『クール・ビューティ』と『可愛い女の子』の両立、これこそ燈子先輩の魅力っすよ！　でも惜しかったなぁ、もし猫耳アニマル・ビキニのコスプレがあったら、フォロワーが倍に増えてたのに……な、優！」

石田が上機嫌でそう言った。

だがその言葉で、また俺は燈子先輩のアニマル・ビキニ姿を思い出していた。

……あの一件は、俺の胸の中にだけ仕舞《しま》っておこう……。

「何はともあれ、燈子が代表決定戦にも勝利したんだ！　しかもあの竜胆朱音《りんどうあかね》を制してね！　燈子が代表に決まった時のアイツの顔！　本当にスカッとしたよ」

美奈さんはそう言うとジョッキを一息に飲み干した。

「くあ〜っ、最ッ高の酒の肴《さかな》だね！」

いつの間にか一美さんも近くにやって来ていた。

「でも本当に今回の一色君の働きは、表裏の両面で見事だったよ」

「はは、一美さんにまでそう言って貰《もら》えると嬉しいですね」

一美さんが俺の耳元に顔を寄せた。

「これも燈子への愛か？」

周囲には聞こえないように、ボソッと言う。

「え？」

思わず俺が聞き返すと「アタシは応援してるよ」とニヤリと笑い、他の席に移動していった。

一時間ほど経過して……打ち上げはさらに盛り上がっていた。

燈子先輩の祝勝会にもかかわらず、上級生は『城都大学応援歌』を合唱し始めた。

いや、ここは運動部じゃないのに。謎の愛校心だ。

俺はそんな騒ぎの中、トイレに行くフリをしてそっと席を立った。

あらかじめ出口近くに置いておいたカバンを手にすると、そのまま店の外に出る。

外では既に燈子先輩が待っていた。

「うまく抜け出せた？」

燈子先輩が近寄って来て、そう尋ねる。

「ええ、誰にも何も言われなかったんで、すぐには気づかれないと思います」

「そっか。でも安心はできないよね」

なにしろ今日の主役と、その補佐役が姿を消したのだ。

いくらみんなが盛り上がっていても、さすがに気が付くだろう。

「そうですね、あんまりノンビリはできないです」

そう、俺と燈子先輩はこれから「二人だけの祝勝会」を上げようと言うのだ。

昨夜、海を見ながら二人で約束していた。

俺たちはメッセージでやり取りしながら、会場を抜け出すチャンスを窺《うかが》っていた。

「じゃあ、誰にも邪魔されない内にエスケープしちゃおう！」

燈子先輩が俺の手を握った。イタズラっぽい笑顔を浮かべる。

初めての事だったが、すごく自然な感じがした。

「はい！　俺たちだけで、今の内に」

俺も燈子先輩の手を握り返す。

「なんか駆け落ちみたいで、ドキドキするね」

俺たちはそのまま二人で、夜の渋谷を走り出した。

あとがき

お久しぶりです、震電《しんでん》みひろです。

読者の皆様のお陰で、『カノネト』も三巻まで本になる事が出来ました。まずはそのお礼を言わせて下さい。本当にありがとうございます。三度目の土下座感謝です！

今回のサブヒロイン？であるカレンの活躍、いかがだったでしょうか？

実は当初、私はカレンを復帰させるつもりはありませんでした。しかし加川《かがわ》先生のカレンのキャラ絵を見て「可愛《かわい》い、一巻で終わりにするのは勿体《もったい》ない！」と感じていました。

そして続編が決まった時、担当の中田《なかだ》様から「カレンが優《ゆう》の良き（悪《あ》しき？）女友達として再登場するのはどうか？」というアイデアを貰《もら》い、「それは面白いかもしれない」と考えて形になったのが今回のお話です。

私の周囲にもダーティな女友達がいたので、個人的にこの話は気に入ってます（笑）

最後に、いつも案出しに力を貸してくれる担当の中田様、今回もバッチシの表紙を描いて頂いた加川先生、コミカライズで頑張って頂いている宝乃《たからの》先生、ありがとうございます。

そして何より、今回も本書を手にして頂いた読者の皆様に、厚く御礼を申し上げます。

四巻でまたお会いできることを、強く願っております。

彼女《かのじょ》が先輩《せんぱい》にNTR《ねとら》れたので、先輩《せんぱい》の彼女《かのじょ》をNTR《ねとり》ます3

著　震電《しんでん》みひろ

角川スニーカー文庫　23394

2022年11月1日　初版発行

発行者　山下直久

発　行　株式会社KADOKAWA
〒102-8177 東京都千代田区富士見2-13-3
電話　0570-002-301（ナビダイヤル）

印刷所　株式会社暁印刷

製本所　本間製本株式会社

◇◇◇

Printed in Japan　ISBN 978-4-04-113089-6　C0193

★ご意見、ご感想をお送りください★
〒102-8177 東京都千代田区富士見2-13-3
株式会社KADOKAWA　角川スニーカー文庫編集部気付
「震電みひろ」先生「加川壱互」先生